Le manteau

Nikolaï Vassilievitch Gogol

Le manteau

Dans une division de ministère… mais il vaut peut-être mieux ne pas vous dire dans quelle division. Il n'y a, en Russie, pas de race plus susceptible que les fonctionnaires des ministères, de l'armée, de la chancellerie, bref, tous ceux que l'on comprend sous le nom générique de bureaucrates. Pour peu que l'un d'eux se croie froissé, il s'imagine que toute l'Administration subit un affront dans sa personne.

Donc un ispravnik[1], je ne sais plus dans quelle ville, avait rédigé un rapport ayant pour objet de démontrer que les ordres du gouvernement n'étaient plus respectés, attendu qu'on se permettait de donner au titre sacré d'ispravnik une signification de mépris ; et, pour le prouver, il avait joint à son rapport un énorme in-folio, contenant une espèce de roman où l'on rencontrait, à toutes les dix pages, un ispravnik en parfait état d'ivresse.

Aussi, pour pousser d'avance le verrou sur toutes les réclamations, ai-je mieux aimé ne pas préciser d'une manière indubitable la division du ministère où se passe mon récit, et me contenter de dire : « dans une chancellerie. »

Il y avait donc dans une chancellerie un homme, un employé qui, je ne puis le cacher, était d'un extérieur assez insignifiant. De petite taille, il avait le visage quelque peu grêlé, les cheveux quelque peu rouges, le crâne passablement chauve, les tempes et les joues sillonnées de rides, sans compter les autres imperfections. Tel était le portrait de notre héros, comme l'avait fait le climat de Saint-Pétersbourg.

---

1 Fonctionnaire public.

Quant à son rang dans l'Administration – car chez nous il convient avant tout de désigner le rang d'un fonctionnaire –, il était ce qu'on appelle communément un « conseiller titulaire[2] », c'est-à-dire un de ces malheureux sur lesquels s'exerce, comme on sait, la verve ironique de certains écrivains entachés de la déplorable habitude de s'en prendre à des gens qui ne peuvent pas se défendre.

Notre héros s'appelait de son nom de famille Baschmaschkin[3]. Il se nommait de son prénom et de celui de son père Akaki Akakievitch[4].

Peut-être le lecteur trouvera-t-il ces noms un peu étranges et un peu recherchés, mais je puis lui donner l'assurance qu'ils ne le sont pas et que les circonstances m'ont mis dans l'impossibilité d'en choisir d'autres.

Voici en effet ce qui s'était passé.

Akaki Akakievitch, si ma mémoire ne me fait pas défaut, vint au monde dans la nuit du 22 mars. Feu sa mère, qui avait épousé un fonctionnaire et qui était une bonne petite femme, s'occupa aussitôt, comme il était bien séant, de faire baptiser son nouveau-né. À sa droite se tenait debout le parrain, Ivan Ivanovitch Jeroschkin, personnage très important, qui était chargé d'enregistrer les actes du Sénat, et, à sa gauche, la marraine, Arina Semenovna Biellocrouschkoff, femme d'un inspecteur de police et douée de rares vertus.

On proposa trois noms au choix de l'accouchée : Mokuis, Kokuis et Chosdasakuis.

— Non, dit-elle, aucun des trois ne me plaît.

Pour répondre à ses désirs on ouvrit l'almanach à un autre endroit et on mit le doigt sur deux autres noms : Trifili et Warachatius.

— Mais c'est une punition du bon Dieu ! s'exclama la mère. A-t-on jamais vu des noms pareils ! C'est la première fois de ma vie que j'en entends parler. Si c'était encore Waradat ou Baruch, mais Trifili et Warachatius !

---

2   La hiérarchie bureaucratique, ou le tchin, se divise en Russie en quatorze classes. Le conseiller titulaire appartient à la neuvième.

3   De baschmak, soulier. Baschmaschkin veut dire cordonnier.

4   Akaki fils d'Akaki. En Russie, les enfants portent à la suite de leur prénom celui de leur père. Ils n'ont généralement qu'un seul prénom.

On feuilleta de nouveau l'almanach et on trouva Pavsikachi et Wachlissi.

— Non. Vrai, dit la mère, c'est jouer de malheur ; s'il n'y a pas mieux à choisir, qu'il garde le nom de son père. Le père s'appelle Akaki. Eh bien, que le fils se nomme aussi Akaki.

Et voilà comment on le baptisa Akaki Akakievitch.

L'enfant fut tenu sur les fonts, ce qui le fit crier et faire toutes sortes de grimaces, comme s'il avait prévu qu'il deviendrait un jour conseiller titulaire.

Nous avons tenu à rapporter les faits exactement pour que le lecteur puisse bien se convaincre qu'il n'en pouvait être autrement et que le petit Akaki ne pouvait avoir reçu d'autre nom.

À quelle époque Akaki Akakiewitch entra dans la chancellerie et qui lui fit obtenir sa place, personne aujourd'hui ne pourrait le dire.

Mais les supérieurs de tous ordres avaient beau se succéder, on le voyait toujours à la même place, dans la même attitude, occupé du même travail, gardant le même rang hiérarchique, si bien qu'on était forcé de croire qu'il était venu au monde tel qu'il était, avec les tempes chauves et son uniforme officiel.

Dans la chancellerie où il était employé, personne ne lui témoignait d'égards. Les garçons de bureau eux-mêmes ne se levaient pas devant lui lorsqu'il entrait, ils ne faisaient pas attention à lui, ils ne faisaient pas plus de cas de lui que d'une mouche qui aurait passé en volant. Ses supérieurs le traitaient avec toute la froideur du despotisme. Les aides du chef de bureau se gardaient bien de lui dire, quand ils lui jetaient au nez une montagne de papiers :

— Ayez la bonté de copier ceci.

Ou bien :

— Voici quelque chose d'intéressant, un joli petit travail.

Ou toute autre parole aimable comme il est d'usage entre employés bien élevés.

Akaki, lui, prenait les actes, sans se demander si on avait tort ou raison de les lui apporter. Il les prenait et il se mettait aussitôt à les copier.

Ses collègues, plus jeunes que lui, en faisaient l'objet de leurs railleries et la cible de leurs traits d'esprit – pour autant que des employés et surtout des employés de chancellerie puissent prétendre à l'esprit. Tantôt ils racontaient devant lui un tas d'histoires imaginées à plaisir sur son compte et sur celui de la femme chez qui il logeait, une vieille septuagénaire. On disait qu'elle le battait ou bien on lui demandait quand il allait la conduire à l'autel, ou bien on laissait pleuvoir sur sa tête des rognures de papier et on soutenait que c'étaient des flocons de neige.

Mais Akaki n'avait pas un mot de réplique à toutes ces attaques ; il faisait comme s'il n'y avait eu personne autour de lui. Toutes ces petites vexations n'avaient aucune influence sur son assiduité au travail ; au milieu de toutes ces tentations de distraction, il ne faisait pas une seule faute d'écriture. Et, lorsque la raillerie devenait par trop intolérable, lorsqu'on le prenait par le bras et qu'on l'empêchait d'écrire, il disait :

— Laissez-moi donc ! Pourquoi vouloir absolument me déranger dans ma besogne ?

Et il y avait quelque chose de particulièrement touchant dans ces paroles et dans la manière dont il les prononçait.

Un jour, il arriva qu'un tout jeune homme qui venait d'obtenir un emploi dans les bureaux, poussé par l'exemple des autres, voulut rire comme eux à ses dépens, et se trouva tout à coup cloué au sol par cette voix ; si bien qu'à partir de ce moment il vit le vieil employé d'un tout autre œil.

On eût dit qu'une puissance surnaturelle l'éloignait de ses autres collègues qu'il avait appris à connaître et qu'il avait pris d'abord pour des gens comme il faut et bien élevés. Maintenant il éprouvait pour eux une véritable répulsion. Et bien longtemps après, au milieu des plus joyeuses compagnies, il avait toujours sous les yeux l'image du pauvre petit conseiller titulaire avec son front chauve, et il entendait résonner à ses oreilles :

— Laissez-moi donc ! Pourquoi tenez-vous absolument à me déranger dans ma besogne ?

Et avec ces paroles il en entendait d'autres :

— Ne suis-je pas votre frère ?

Le jeune homme cacha son visage dans ses mains et il songea combien il y a dans le cœur de l'homme peu de sentiments vraiment humains, et combien la dureté et la rudesse est le propre de ceux qui ont reçu une bonne éducation, même de ceux qui passent généralement pour bons et estimables.

Nulle part on n'eût trouvé d'employé qui remplît ses devoirs avec autant de zèle que notre Akaki Akakievitch. Que dis-je, zèle, il travaillait avec amour, avec passion. Quand il copiait des actes officiels, il voyait s'ouvrir devant lui un monde tout beau et tout riant. Le plaisir qu'il avait à copier se lisait sur son visage. Il y avait des caractères qu'il peignait, au vrai sens du mot, avec une satisfaction toute particulière ; quand il arrivait à un passage important il devenait un tout autre homme : il souriait, ses yeux pétillaient, ses lèvres se plissaient et ceux qui le connaissaient pouvaient deviner à sa physionomie quelles lettres il moulait en ce moment.

S'il avait été payé selon son mérite, il se serait élevé, à sa propre surprise, peut-être au rang de conseiller d'État. Mais, comme disaient ses collègues, il ne pouvait porter une croix à sa boutonnière et toute son assiduité ne lui valait que des hémorroïdes.

Je dois dire, toutefois, qu'il lui arriva un jour d'attirer une certaine attention. Un directeur, qui était un brave homme, et qui voulait le récompenser de ses longs services, ordonna de lui confier un travail plus important que les actes qu'il avait coutume de copier.

Ce nouveau travail consistait à rédiger un rapport adressé à un magistrat, à modifier les en-têtes de divers actes et à remplacer au cours du texte le pronom de la première personne par celui de la troisième.

Akaki s'acquitta de cette tâche. Mais elle le mit si bien hors de lui, elle lui coûta tant d'efforts que la sueur ruissela de son front et qu'il finit par s'écrier :

— Non ! donnez-moi plutôt quelque chose à copier.

Et depuis lors on le laissa jusqu'à la fin de sa vie exclusivement copier.

Il semblait qu'en dehors de la copie il n'existât pour lui rien, rien au monde. Il ne pensait pas à s'habiller. Son uniforme, qui était originellement vert, avait tourné au rouge ; sa cravate était devenue si étroite, si recroquevillée, que son cou, bien qu'il ne fût pas long, sortait du collet de son habit et paraissait d'une grandeur démesurée, comme ces chats de plâtre à la tête branlante que les marchands colportent dans les villages russes pour les vendre aux paysans.

Il y avait toujours quelque chose qui s'accrochait à ses vêtements, tantôt un bout de fil, tantôt un fétu de paille. Il avait aussi une prédilection toute spéciale à passer sous les fenêtres juste au moment où l'on lançait dans la rue un objet qui n'était rien moins que propre, et il était rare que son chapeau ne fût orné de quelque écorce d'orange ou d'un autre débris de ce genre. Jamais il ne lui arrivait de s'occuper de ce qui se passait dans les rues et de tout ce qui frappait les regards perçants de ses collègues, accoutumés à voir tout de suite sur le trottoir opposé à celui qu'ils suivaient un mortel en pantalon effilé, ce qui leur procurait toujours un contentement inexprimable.

Akaki Akakievitch, lui, ne voyait que les lignes bien droites, bien régulières de ses copies et il fallait qu'il se heurtât soudainement à un cheval qui lui soufflait à pleins naseaux dans la figure, pour se rappeler qu'il n'était pas à son pupitre, devant ses beaux modèles de calligraphie, mais au beau milieu de la rue.

Aussitôt arrivé chez lui, il se mettait à table, avalait à la hâte sa soupe de choux et dévorait, sans souci de ce qu'il mangeait, un morceau de boeuf à l'ail qu'il engloutissait avec les mouches et autres condiments que Dieu et le hasard y avaient semés. Sa faim apaisée, il prenait place, sans perdre de temps, à son pupitre et se mettait en devoir de copier les actes qu'il avait emportés chez lui. Si par hasard il n'avait pas de pièces officielles à copier, il récrivait, pour son propre plaisir, les documents auxquels il attachait une importance particulière, non à cause de leur teneur plus ou moins intéressante, mais parce qu'ils s'adressaient à quelque haut personnage.

Quand le ciel gris de Saint-Pétersbourg s'enveloppe du voile de la nuit et que le monde des fonctionnaires a achevé son repas, qui selon son penchant gastronomique, qui selon le poids de sa bourse ; quand chacun cherche à faire diversion au grattage des plumes de bureau, aux soucis et aux affaires que l'homme se crée si souvent inutilement, il est tout naturel que l'on veuille consacrer le reste de sa journée à quelque distraction personnelle. Les uns vont au théâtre, les autres se promènent et prennent plaisir à regarder les toilettes, les autres adressent à quelque étoile qui se lève à l'horizon modeste de leur ciel bureaucratique quelques paroles flatteuses et bien senties.

D'autres enfin vont voir un collègue qui occupe au troisième ou au quatrième un petit appartement composé d'une cuisine et d'une chambre, cette dernière ornée de quelque objet de luxe convoité depuis longtemps, une lampe ou tout autre article de ménage acheté au prix de longues privations.

Bref, c'est l'heure où chaque employé jouit d'une façon ou d'une autre de ses loisirs : ici on fait une partie de whist, là on prend le thé avec des biscuits bon marché ou l'on fume une grande pipe de tabac. On raconte les cancans qui courent dans le grand monde, car le Russe a beau être dans n'importe quelle condition, il ne peut détourner sa pensée de ce grand monde où circulent tant d'anecdotes curieuses comme, par exemple, celle du commandant à qui l'on vint apprendre en secret qu'un malfaiteur avait mutilé la statue de Pierre le Grand en coupant la queue de son cheval.

Dans ces moments de récréation et de répit, Akaki Akakievitch restait fidèle à ses habitudes. Personne n'eût pu dire qu'il l'avait rencontré rien qu'une fois le soir en société. Quand il était harassé de copier et n'en pouvait plus, il se couchait et songeait aux joies du lendemain, aux belles copies que le bon Dieu pourrait lui envoyer à faire.

Ainsi s'écoulait l'existence paisible d'un homme qui, avec quatre cents roubles de traitement, était parfaitement content de son sort, et il aurait peut-être atteint un âge avancé s'il n'avait été la victime d'un malheureux accident qui peut arriver non seulement aux conseillers titulaires, mais aux conseillers secrets, aux conseillers effectifs, aux conseillers de la Cour et même à ceux qui ne donnent jamais un conseil ou n'en reçoivent point.

À Saint-Pétersbourg, tous ceux qui n'ont qu'un revenu de quatre cents roubles, ou un peu plus ou un peu moins, ont un terrible ennemi, et cet ennemi si redoutable n'est autre que le froid du nord, quoiqu'on le dise généralement très favorable à la santé.

Vers neuf heures du matin, quand les employés des diverses divisions se rendent à leur bureau, le froid leur pince si rudement le nez que la plupart d'entre eux ne savent s'ils doivent poursuivre leur chemin ou rentrer chez eux.

Si dans ces moments les hauts dignitaires en personne souffrent du froid au point que les larmes leur en viennent aux yeux, que ne doivent pas avoir à endurer les titulaires qui n'ont pas les moyens de se garantir contre les rigueurs de l'hiver ? S'ils n'ont pu s'envelopper que dans un manteau léger, il ne leur reste pour ressource que d'enfiler à la course cinq ou six rues, et de faire ensuite une halte chez le portier pour se réchauffer en attendant qu'ils aient recouvré leurs facultés bureaucratiques.

Depuis quelque temps Akaki avait dans le dos et dans les épaules des douleurs lancinantes, quoiqu'il eût l'habitude de parcourir au pas de course et hors d'haleine la distance qui séparait sa demeure de son bureau. Après avoir bien pesé la chose, il aboutit définitivement à la conclusion que son manteau devait avoir quelque défaut. De retour dans sa chambre, il examina le vêtement avec soin et constata que l'étoffe si chère était devenue en deux ou trois endroits si mince qu'elle était presque transparente ; en outre, la doublure était déchirée.

Ce manteau était depuis longtemps l'objet incessant des railleries des impitoyables collègues d'Akaki. On lui avait même refusé le noble nom de manteau pour le baptiser capuchon. Le fait est que ce vêtement avait un air passablement étrange. D'année en année, le collet avait été raccourci, car d'année en année le pauvre titulaire en avait retranché une partie pour rapiécer le manteau en un autre endroit, et les raccommodages ne trahissaient pas la main expérimentée d'un tailleur. Ils avaient été exécutés avec autant de gaucherie que possible et étaient loin de faire bel effet. Quand Akaki Akakievitch eut achevé ses tristes explorations, il se dit qu'il devait sans hésiter porter son manteau au tailleur Petrovitch qui habitait au quatrième une cellule toute sombre.

Petrovitch était un individu aux yeux louches, au visage grêlé, qui avait l'honneur de faire les habits et les pantalons des hauts fonctionnaires, quand il n'était pas ivre. Je pourrais me dispenser de parler ici plus longuement de ce tailleur, mais puisqu'il est d'usage de n'introduire dans un récit aucun personnage sans le présenter sous sa physionomie propre, je suis obligé de dépeindre bien ou mal mon Petrovitch. Autrefois, quand il était encore serf chez son maître, il s'appelait tout simplement Gregor. Devenu libre, il se crut tenu de prendre un nouveau nom. Il se mit aussi à boire, d'abord aux grands jours fériés seulement, puis à tous les jours qui dans le calendrier sont marqués d'une croix. Il soutenait qu'en observant ainsi les solennités prescrites par l'Église, il restait fidèle aux principes de son enfance, et quand sa femme le querellait, il la traitait de mondaine et d'Allemande. Quant à sa femme, tout ce que nous avons à en dire ici, c'est qu'elle était la femme de Petrovitch et qu'elle portait un bonnet sur la tête.

Elle n'était d'ailleurs pas jolie et bien des fois ceux qui passaient devant elle ne pouvaient s'empêcher de sourire en la regardant.

Akaki Akakievitch grimpa jusqu'à la mansarde du tailleur. Il y arriva par un escalier noir, sale, humide, qui, comme tous ceux des maisons occupées par les gens ordinaires à Saint-Pétersbourg, exhalait une odeur d'eau-de-vie montant au nez et aux yeux.

Tandis que le conseiller titulaire escaladait les marches glissantes, il calculait ce que Petrovitch pourrait bien lui demander pour la réparation, et il résolut de lui offrir un rouble.

La porte de l'ouvrier était ouverte pour donner une issue aux nuages émanés de la cuisine où la femme de Petrovitch faisait en ce moment cuire du poisson. Akaki traversa la cuisine, presque aveuglé par la fumée, sans que la femme le vît, et entra dans la chambre où le tailleur était assis sur une grande table grossièrement façonnée, les jambes croisées comme un pacha turc et, suivant l'habitude de la plupart des tailleurs russes, les pieds nus.

Ce qui attirait tout d'abord l'attention lorsqu'on s'approchait de lui, c'était l'ongle de son pouce, un peu ébréché, mais dur et raide comme une écaille de tortue. Il portait au cou plusieurs écheveaux de fil, et sur ses genoux, il avait un habit déguenillé. Depuis quelques minutes, il s'évertuait à enfiler son aiguille, sans y réussir. Il avait d'abord tempêté contre l'obscurité, puis contre le fil.

— Entreras-tu, vaurien ! cria-t-il.

Akaki s'aperçut aussitôt qu'il était arrivé dans un moment inopportun. Il aurait mieux aimé trouver Petrovitch dans un de ces instants favorables où le tailleur s'administrait un nouveau rafraîchissement ou, comme disait sa femme, s'octroyait une solide ration d'eau-de-vie. Il était alors facile au client de lui faire accepter le prix et il poussait même la complaisance jusqu'à s'incliner respectueusement devant lui en l'accablant de remerciements.

Mais souvent la femme intervenait dans les négociations, le traitait d'ivrogne, criait et tempêtait, lui défendant d'accepter le travail à trop bas prix. Alors on ajoutait quelque petite chose et l'affaire était conclue.

Pour le malheur du conseiller titulaire, Petrovitch n'avait pas encore en ce moment touché à la bouteille, et dans ces conditions, le tailleur était têtu, obstiné et capable de réclamer un prix effroyable.

Akaki prévit ce danger et volontiers il aurait rebroussé chemin, mais il était trop tard ; l'œil du tailleur, son œil unique, car il était borgne, l'avait déjà aperçu et Akaki Akakievitch balbutia machinalement :

— Bonjour, Petrovitch.

— Soyez le bienvenu, monsieur, répondit le tailleur dont le regard s'arrêta sur la main du conseiller titulaire pour reconnaître ce qu'elle tenait.

— J'étais venu… pour… Je voudrais…

Nous ferons remarquer ici que le timide conseiller titulaire avait pour règle de n'exprimer ses pensées que par des bouts de phrases, verbes, prépositions, adverbes ou particules, qui ne formaient jamais un sens suivi.

L'affaire dont il s'agissait était-elle d'un caractère important, difficile, jamais il ne parvenait à achever la proposition commencée. Il s'embarrassait dans ses formules. Ce fut le cas cette fois : il resta court.

En même temps il demeura debout, immobile, oubliant ce qu'il avait voulu dire ou croyant l'avoir dit.

— Que désirez-vous, monsieur ? fit Petrovitch le toisant des pieds à la tête et promenant son regard interrogateur sur le collet, les manches, la taille, les boutons, bref sur tout l'uniforme d'Akaki, quoiqu'il le connût bien puisque c'était lui qui l'avait fait. Les tailleurs n'ont pas la coutume d'inspecter avec cette persistance les vêtements qui ne sortent pas de chez eux ; mais c'est leur première pensée quand ils rencontrent une connaissance.

Akaki répondit en balbutiant comme d'habitude :

— Je voudrais... Petrovitch... ce manteau... voyez-vous... d'ailleurs... selon moi... je le crois encore bon... sauf un peu de poussière... Eh ! sans doute il a l'air un peu vieux... mais il est encore tout neuf... seulement un peu de frottement... là dans le dos... et ici à l'épaule... deux ou trois petits accrocs... Vous voyez ce que c'est... cela ne vaut pas la peine d'en parler... Vous me raccommoderez cela en une couple de minutes.

Petrovitch prit le malheureux manteau, l'étala sur la table, le considéra en silence et hocha la tête. Puis il étendit le bras vers la fenêtre pour atteindre sa tabatière ronde ornée d'un portrait de général. Je ne saurais dire de quel général, car cette image héroïque ayant été endommagée par hasard, le tailleur, en homme avisé, avait collé dessus un morceau de papier.

Quand Petrovitch eut fini de humer sa prise, il examina de nouveau le capuchon, l'exposa à la lumière et hocha la tête pour la seconde fois. Puis il visita la doublure, souleva derechef le couvercle de sa tabatière jadis ornée de l'image du général, prit une seconde prise et s'écria enfin :

— Il n'y a plus rien à raccommoder à cela ! Ce n'est plus qu'une misérable guenille !

À ces mots Akaki perdit tout courage.

— Comment ! demanda-t-il d'une voix geignante d'enfant, il n'y a rien à raccommoder à ce trou ? Mais regardez donc, Petrovitch, vous voyez bien qu'il n'y a qu'une couple d'accrocs, et vous avez assez de morceaux pour les réparer.

— Des morceaux, sans doute j'en ai assez, mais comment voulez-vous que je les couse ? Le drap est usé, il n'y a plus un point qui puisse y tenir.

— Bah ! où les points ne tiendront pas, vous mettrez une pièce.

— Il n'y a pas de pièce à mettre ; le drap n'est en somme que du drap et dans l'état où est celui-ci, il ne faut qu'un coup de vent pour le réduire en loques.

— Mais si... pourtant... cela le faisait durer encore un peu...

voyez-vous… vraiment…

— Non, répliqua Petrovitch d'un ton décidé, il n'y a rien à faire, c'est une étoffe qui a fait tout son temps. Il vaudrait mieux en faire des chaussons pour l'hiver, cela vous tiendrait les pieds plus chauds que des bas. Ce sont les Allemands qui ont inventé les chaussons, et ils ont gagné beaucoup d'argent avec cet article.

Petrovitch ne laissait passer aucune occasion de donner un coup de boutoir aux Allemands.

— Vous devez vous faire faire un nouveau manteau, ajouta-t-il.

— Un nouveau manteau ?

Akaki Akakievitch vit noir. L'atelier du tailleur tournoyait autour de lui et le seul objet qu'il y pût voir distinctement était le portrait du général couvert de papier sur la tabatière de Petrovitch.

— Un nouveau manteau ? murmura-t-il comme perdu dans un rêve ; mais je n'ai pas d'argent.

— Oui, un nouveau manteau, répéta Petrovitch avec une cruelle insistance.

— Mais… même… si… en supposant que je prenne une semblable résolution… combien ?…

— Vous voulez dire combien il vous en coûtera ?

— Quelque chose comme cent cinquante roubles papier, répondit le tailleur avec un pincement des lèvres.

Ce maudit tailleur prenait un plaisir tout particulier à mettre ses clients en émoi et à épier de son œil unique et louche l'expression de leur visage.

— Cent cinquante roubles pour un manteau ? dit Akaki Akakievitch.

Et le conseiller titulaire prononça ces paroles d'un ton qui ressemblait à un cri, peut-être le premier qu'il eût poussé depuis sa naissance, car d'ordinaire il ne parlait qu'avec la plus grande timidité.

— Oui, reprit Petrovitch, sans le collet de martre et la doublure de soie pour le capuchon, ce qui fera ensemble deux cents roubles.

— Petrovitch, je vous en conjure, interrompit Akaki Akakievitch d'une voix suppliante, n'entendant plus et ne voulant plus entendre le tailleur, je vous conjure de réparer ce manteau, pour qu'il puisse durer encore quelque temps.

— Non ! ce serait peine perdue et une dépense inutile, un pur gaspillage.

Akaki se retira absolument écrasé, tandis que Petrovitch, les lèvres serrées, satisfait de lui-même pour avoir si vaillamment défendu la corporation des tailleurs, restait assis sur la table.

Sans but, éperdu, Akaki erra dans la rue comme un somnambule.

— Quelle contrariété ! se disait-il en marchant devant lui. Vraiment, je n'aurais jamais pensé que cela finirait ainsi... Non, continua-t-il, après un court silence, je ne pouvais supposer qu'il en arriverait à ce point...

Me voilà dans une situation absolument inattendue... dans un embarras que...

Et tout en poursuivant de la sorte son monologue, il prit, au lieu du chemin de sa maison, une direction tout opposée, sans même s'en apercevoir. Un ramoneur lui noircit le dos en passant. Du haut d'une maison en construction, un panier de plâtre lui saupoudra la tête en descendant, mais il ne voyait, n'entendait rien. Ce ne fut que lorsqu'il donna tête baissée contre un factionnaire qui lui barra le chemin en croisant la hallebarde et en vidant sur lui sa tabatière, qu'il sortit brusquement de sa rêverie.

— Que viens-tu faire ici ? lui cria le rude gardien de la paix publique ; ne peux-tu point suivre comme il faut le trottoir ?

Cette soudaine apostrophe arracha enfin Akaki complètement à son état de torpeur. Il rassembla ses idées, envisagea sa situation d'un regard froid et prit conseil de lui-même, sérieusement, franchement, comme il l'eût fait d'un ami à qui l'on confie tous les secrets de son cœur.

— Non, dit-il à la fin, aujourd'hui je n'obtiendrai rien de Petrovitch ; aujourd'hui il est de mauvaise humeur... peut-être a-t-il été battu par sa femme... je le reverrai dimanche prochain. Le dimanche il aura soif, il voudra boire, sa femme ne lui donne pas d'argent ; je lui mettrai un grivenik[5] dans la main, il sera plus accommodant et nous pourrons reparler du manteau.

Soutenu par cette espérance, Akaki attendit jusqu'au dimanche.

----

5   Dix kopecks, environ 37,5 centimes.

Ce jour-là, quand il eut vu la femme de Petrovitch sortir de chez elle et qu'elle fut bien loin, il se rendit chez le tailleur et le trouva, comme il s'y était attendu, dans un état d'abattement prononcé. Mais à peine Akaki eut-il laissé tomber de ses lèvres le premier mot au sujet du manteau que le diabolique tailleur quitta tout à coup son humeur noire pour s'écrier :

— Non, il n'y a rien à faire ! Vous n'avez qu'à vous acheter un manteau neuf.

Le conseiller titulaire lui glissa son grivenik dans la main.

— Merci, votre honneur, répondit Petrovitch, cela m'aidera un peu à recouvrer mes forces et je le boirai à votre santé. Mais quant à votre manteau, voyez-vous, pourquoi en parler davantage ? Il ne vaut plus un rouge liard. Laissez-moi faire, je vous ferai un manteau magnifique, je vous en réponds.

Le pauvre Akaki Akakievitch supplia une fois de plus le tailleur de réparer le vieux.

— Non, encore une fois non, répliqua Petrovitch, absolument impossible. Rapportez-vous-en à moi. Je ne vous surferai pas. Et je mettrai, comme c'est la mode, des œillets et des agrafes d'argent au collet.

Akaki comprit qu'il devait se soumettre à la volonté du tailleur et pour la seconde fois il sentit toutes ses forces l'abandonner. Se faire faire un manteau neuf ? Mais avec quoi le payer ? Il avait, à vrai dire, à compter sur une gratification officielle.

Mais il lui avait déjà trouvé une destination. Il devait s'acheter un pantalon et payer son bottier, qui lui avait réparé deux paires de bottes ; il devait faire emplette de linge, bref tout était réglé d'avance. Si le directeur – ce qui eût été un bonheur inespéré – portait la gratification de quarante roubles à cinquante, qu'était ce maigre surplus en comparaison de la somme inouïe, énorme, demandée par Petrovitch ? Une goutte d'eau dans l'Océan.

Il y avait encore à espérer de la part de Petrovitch, s'il était de bonne humeur, une réduction importante sur le prix, d'autant plus que sa femme lui dit :

— Es-tu fou ? Tantôt tu travailles pour rien, et d'autres fois tu exiges un prix absolument inhumain.

Il crut donc que Petrovitch consentirait à lui faire son manteau pour quatre-vingts roubles ; mais ces quatre-vingts roubles, où les trouver ? Peut-être parviendrait-il, en mettant à contribution tous les leviers, à se procurer la moitié.

Nous devons compte au lecteur des moyens que le conseiller titulaire avait idée d'employer pour réunir cette moitié.

Il avait pris l'habitude, chaque fois qu'il recevait un rouble, de mettre un kopeck dans une petite tirelire. À la fin du semestre, il reprenait ces petites pièces de cuivre et les remplaçait par l'équivalent en monnaie d'argent. Il avait pratiqué ce système d'épargne depuis très longtemps et en ce moment ses économies se montaient à quarante roubles. De cette façon, il se trouvait en possession de la moitié de la somme nécessaire.

Mais l'autre moitié ! Akaki fit des calculs à perte de vue ; puis il finit par se dire qu'il pourrait réduire au moins pendant une année plusieurs de ses dépenses quotidiennes, qu'il pouvait renoncer au thé le soir et, quand il avait de l'ouvrage à faire, aller s'asseoir avec ses actes dans la chambre de sa propriétaire, afin d'économiser son propre feu. Il prit aussi la résolution d'éviter dans la rue les pluies de plâtre pour ménager ses souliers, et il décida de ne pas acheter de linge.

Dans le commencement, ces privations lui furent un peu pénibles ; mais petit à petit il s'y accoutuma et il en arriva même à se coucher sans souper. Tandis que son corps souffrait de ces retranchements de nourriture, son esprit trouvait un aliment nouveau dans l'incessante préoccupation que lui créait son manteau. Depuis ce moment, on eût dit que sa nature s'était complétée, qu'il s'était marié, qu'il avait une compagne qui ne le quittait plus dans le sentier de la vie ; et cette compagne, c'était l'image de son manteau, bien ouaté et bien doublé.

Aussi le vit-on plus décidé, plus animé qu'auparavant, comme un homme qui a choisi un but qu'il veut atteindre à tout prix. L'insignifiance de ses traits, l'insouciance de sa démarche, le laisser-aller de son maintien, tout cela avait disparu. Parfois un éclat tout nouveau brillait dans ses yeux, et dans ses rêves hardis il se posait déjà la question s'il ne ferait pas tout aussi bien d'avoir un collet de martre à son manteau.

Ces pensées lui occasionnaient parfois de singulières distractions. Un jour qu'il copiait des actes, il s'aperçut tout à coup qu'il avait commis une erreur :

— Oh ! oh ! s'écria-t-il.

Et bien vite il fit le signe de la croix.

Au moins une fois par mois, il se rendait chez Petrovitch, pour s'entretenir avec lui du précieux manteau et lui demander plusieurs renseignements importants, par exemple sur le prix qu'il pourrait mettre au drap et sur la couleur qu'il choisirait de préférence.

Chacune de ces visites donnait lieu à de nouvelles considérations ; mais il rentrait, chaque fois, plus heureux chez lui, car le jour devait enfin arriver où tout serait acheté, où le manteau serait prêt.

Ce grand événement se produisit plus tôt qu'il ne l'avait espéré. Le directeur donna une gratification non de quarante, de cinquante, mais de soixante-cinq roubles. Ce digne fonctionnaire avait-il remarqué que notre ami Akaki Akakievitch avait besoin d'un manteau ? Ou bien notre héros ne devait-il cette libéralité exceptionnelle qu'à une bonne fortune ?

Quoi qu'il en fût, Akaki s'enrichissait de vingt roubles. Une pareille augmentation de ses ressources devait nécessairement hâter la réalisation de sa mémorable entreprise.

Encore deux ou trois mois de faim et Akaki aurait ses quatre-vingts roubles. Son cœur, d'ordinaire si paisible, commença à battre la charge. Dès qu'il eut en main la somme énorme de quatre-vingts roubles, il alla trouver Petrovitch et tous deux se rendirent ensemble chez un marchand de draps.

Sans hésiter ils en achetèrent une bonne pièce. Depuis plus d'une année ils s'étaient entretenus de cette acquisition, ils en avaient débattu tous les détails, et tous les mois ils avaient passé en revue l'étalage du marchand pour se rendre compte des prix. Petrovitch donna quelques coups secs sur le drap et déclara qu'on n'en pourrait trouver de meilleur. Pour doublure, ils prirent de la toile forte bien serrée, qui dans l'opinion du tailleur valait mieux que la soie et avait un éclat incomparable. De martre ils n'en achetèrent point, la trouvant trop chère, mais ils se décidèrent pour la plus belle fourrure de chat qu'il y eût dans le magasin et qui pouvait fort bien passer pour de la martre.

Pour confectionner ce vêtement, Petrovitch eut besoin de quinze jours pleins, car il fit une quantité innombrable de points, sans cela il aurait été prêt plus tôt. Il évalua son travail à douze roubles ; il ne pouvait demander moins ; tout était cousu à la soie et le tailleur avait repassé les coutures avec les dents dont on voyait encore les traces.

À la fin il arriva, le manteau tant souhaité…

Je ne puis dire exactement le jour, mais ce fut certainement le plus solennel que le conseiller titulaire Akaki eût connu de sa vie.

Le tailleur apporta le manteau lui-même, de bon matin, avant le départ du conseiller titulaire pour son bureau. Il n'aurait pu venir mieux à propos, car la gelée commençait à se faire sentir âprement.

Petrovitch aborda son client avec l'air digne d'un tailleur important. Sa physionomie était d'une gravité exceptionnelle : jamais le conseiller titulaire ne l'avait vu ainsi. Il était pénétré de son mérite et mesurait dans sa pensée avec orgueil l'abîme qui sépare l'ouvrier qui ne fait que les réparations de l'artiste qui fait le neuf.

Le manteau était enveloppé dans une toile neuve, tout récemment lavée, que le tailleur dénoua soigneusement et replia ensuite pour la mettre dans sa poche. Il prit alors avec fierté le manteau des deux mains et le plaça sur les épaules d'Akaki Akakievitch. Puis il le drapa et eut un sourire de satisfaction en le voyant tomber majestueusement de toute sa longueur. Akaki voulut essayer les manches ; elles allaient merveilleusement bien. Bref, le manteau était irréprochable sous tous les rapports, et la coupe ne laissait rien à désirer.

Tandis que le tailleur contemplait son oeuvre, il ne manqua pas de dire que s'il l'avait laissé à si bon compte, c'est qu'il n'avait pas un très fort loyer et qu'il connaissait Akaki Akakievitch depuis longtemps ; puis il fit remarquer qu'un tailleur de la Perspective Nievsky aurait demandé au moins soixante-quinze roubles rien que pour la façon d'un semblable manteau.

Le conseiller titulaire ne voulut pas s'engager dans une discussion avec lui sur ce point. Il paya, remercia et sortit pour se rendre à son bureau.

Petrovitch sortit avec lui et s'arrêta au beau milieu de la rue pour le suivre du regard aussi loin qu'il put, puis il enfila à la hâte une rue de traverse pour jeter un dernier coup d'œil sur le conseiller titulaire et sur son manteau.

Plein des plus agréables pensées, Akaki gagnait pas à pas son bureau. Il sentait à chaque instant qu'il avait un vêtement neuf sur ses épaules et s'adressait à lui-même un doux sourire de contentement.

Deux choses avant tout lui trottaient dans le cerveau : d'abord le manteau était chaud et puis il était beau. Sans prendre garde au chemin qu'il parcourut, il entra tout droit dans l'hôtel de la Chancellerie, déposa son trésor dans l'antichambre, l'inspecta en tous sens et regarda ensuite le portier d'un air tout particulier.

Je ne sais si le bruit s'était répandu dans les bureaux que le vieux capuchon avait cessé d'exister. Tous les collègues d'Akaki accoururent pour admirer son superbe manteau et le comblèrent de félicitations si chaleureuses qu'il ne put s'empêcher d'abord de leur répondre par un sourire de satisfaction qui fit place ensuite à une certaine appréhension.

Mais quelle ne fut point sa surprise lorsque ses terribles collègues lui firent observer qu'il devait inaugurer son manteau d'une manière solennelle et qu'ils comptaient sur un repas fin. Le pauvre Akaki était si ébahi, si abasourdi qu'il ne sut que dire pour s'excuser.

Il balbutia en rougissant que le vêtement n'était pas aussi neuf qu'on voulait bien le croire et que l'étoffe en était toute vieille.

Alors un de ses supérieurs, qui voulait sans doute montrer qu'il n'était pas fier de son rang et de son titre, et qu'il ne dédaignait pas la société de ses subordonnés, prit la parole et dit :

— Messieurs, au lieu d'Akaki Akakievitch, c'est moi qui vous régalerai. Je vous invite à prendre ce soir le thé chez moi, c'est aujourd'hui l'anniversaire de ma naissance.

Tous les employés remercièrent leur supérieur de sa bonté et s'empressèrent d'accepter l'invitation avec joie. Akaki voulut la décliner, mais on lui représenta que ce serait une grossière impolitesse, un acte impardonnable, et il dut céder à la fatalité.

Il éprouvait d'ailleurs une certaine joie à la pensée qu'il aurait de cette manière l'occasion de se montrer dans la rue avec son manteau. Toute cette journée fut pour lui un jour de fête. Dans cette heureuse disposition, il rentra chez lui, ôta son manteau, et après avoir une fois de plus examiné le drap et la doublure, le pendit au mur. Puis il alla chercher son vieux capuchon pour le comparer au chef-d'oeuvre de Petrovitch. Ses regards allaient d'un vêtement à l'autre et il pensait en souriant intérieurement :

— Quelle différence !

Tout joyeux il dîna, et son repas achevé, il ne s'assit point pour faire des copies. Non, il s'étala comme un sybarite sur le canapé et attendit la soirée. Puis il s'habilla, prit son manteau et sortit.

Il ne me serait pas possible de vous dire où demeurait ce supérieur, qui avait si libéralement invité ses subordonnés. Ma mémoire commence un peu à faiblir, et les rues, les maisons sans nombre de Saint-Pétersbourg font un tel fouillis dans ma tête que j'ai de la peine à m'y retrouver. Tout ce que je me rappelle, c'est que l'honorable fonctionnaire habitait un des beaux quartiers de la capitale, et que par conséquent sa demeure était très éloignée de celle d'Akaki Akakievitch.

D'abord le conseiller titulaire traversa plusieurs rues mal éclairées, qui semblaient toutes désertes, mais plus il se rapprochait de l'habitation de son supérieur, plus les rues devenaient brillantes et animées. Il rencontra un nombre incalculable de passants vêtus à la dernière mode, de belles dames et de messieurs qui avaient des collets de castor. Les traîneaux de paysans avec leurs bancs de bois devenaient de plus en plus rares, et à chaque instant, il apercevait des cochers habiles en bonnet de velours qui conduisaient des traîneaux en bois vernis, garnis de peaux d'ours, ou de splendides carrosses.

C'était pour notre Akaki un spectacle absolument nouveau. Depuis nombre d'années il n'était pas sorti le soir. Il s'arrêta tout curieux devant l'étalage d'un marchand d'objets d'art. Un tableau attira surtout son attention. C'était le portrait d'une femme, tirant son soulier et montrant son petit pied mignon à un jeune homme, à grandes moustaches et à grands favoris, qui regardait par la porte entrouverte.

Après s'être attardé un instant à considérer ce portrait de l'école française, Akaki Akakievitch hocha la tête et poursuivit son chemin en souriant. Pourquoi donc souriait-il ? Était-ce à cause de l'originalité du sujet ? Ou bien parce qu'il pensait, comme la plupart de ses collègues, que les Français ont parfois des idées bizarres ? Ou bien il ne pensait à rien, et d'ailleurs il est bien difficile de lire dans le cœur des gens pour savoir ce qu'ils pensent.

Le voici enfin arrivé à la maison où il a été invité. Son supérieur est logé en grand seigneur ; il y a une lanterne à sa porte et il occupe tout le second. Lorsque notre Akaki entra, il vit une longue file de galoches ; sur une table bouillait et fumait un samovar ; au mur étaient accrochés des manteaux dont plusieurs étaient garnis de collets de velours et de fourrure. Dans la chambre voisine on menait un bruit confus qui devint un peu plus distinct quand un domestique ouvrit la porte et sortit de la pièce avec un plateau rempli de tasses vides, d'un pot au lait et d'une corbeille à biscuits. Les invités devaient être réunis depuis longtemps et ils avaient déjà vidé leur première tasse de thé.

Akaki suspendit son manteau à une patère et se dirigea vers la chambre où ses collègues, armés de longues pipes, étaient groupés autour d'une table à jeu et faisaient du vacarme.

Il entra, mais resta cloué sur le seuil de la porte, ne sachant que faire ; mais ses collègues le saluèrent à grands cris et accoururent dans l'antichambre pour admirer son manteau. Cet assaut fit perdre toute contenance au brave conseiller titulaire.

Mais il se réjouissait au fond de son cœur des félicitations que l'on prodiguait à son précieux vêtement. Bientôt après, ses collègues lui rendirent la liberté et allèrent reprendre leur partie de whist.

Cette agitation, cette excitation, l'animation de la conversation troublèrent le timide Akaki au plus haut point. Il ne savait où mettre ses mains, où les cacher ; à la fin il s'assit auprès des joueurs, regardant tantôt leurs cartes, tantôt leurs visages, puis il bâilla, car il sentait que depuis longtemps l'heure était passée où il avait l'habitude de se coucher. Il voulut se retirer, mais on le retint en lui déclarant qu'il ne pouvait s'éloigner sans avoir bu un verre de champagne pour célébrer ce jour mémorable.

On servit le souper, qui se composait de bouillon froid, de veau froid, de gâteaux et de diverses pâtisseries, le tout accompagné de pseudo-champagne. Akaki se vit obligé de vider deux grands verres de ce liquide mousseux, et quelque temps après, tout autour de lui revêtit un aspect joyeux. Cependant il n'oubliait point qu'il était passé minuit et qu'il aurait dû être au lit depuis plusieurs heures.

Craignant d'être encore retenu, il se glissa à la dérobée dans l'antichambre où il eut la douleur de voir son manteau par terre. Il le secoua avec le plus grand soin, l'endossa et partit.

Les rues étaient encore éclairées. Les petits cabarets hantés par les domestiques et par le bas peuple étaient encore ouverts ; quelques-uns étaient déjà fermés, mais aux lumières qui se voyaient à l'extérieur il était facile de deviner que les clients n'étaient pas encore partis.

Tout joyeux et en ébriété, Akaki Akakievitch prit le chemin de sa maison. Tout à coup il s'aperçut qu'il était dans une rue où le jour et encore plus la nuit tout était silencieux. Autour de lui tout avait un aspect sinistre. Çà et là une lanterne qui, faute d'huile, menaçait de s'éteindre, des maisons de bois, des palissades, mais nulle part une âme vivante. À la pâle lueur de ces lanternes mourantes scintillait la neige et, enveloppées dans les ténèbres, les petites constructions s'alignaient tristement. Il arriva à un endroit où la rue débouchait dans une immense place à peine bordée, à l'autre extrémité, de quelques maisons, et offrant l'apparence d'un vaste et lugubre désert.

Au loin, Dieu sait où, vacillait la lumière d'un falot éclairant une guérite qui lui sembla au bout du monde. Le conseiller titulaire perdit tout d'un coup son humeur joyeuse. Il alla, le cœur serré, vers la lumière ; il pressentait l'imminence d'un danger. L'espace qu'il avait devant lui ne lui apparaissait plus que comme un océan.

— Non, dit-il, j'aime mieux ne pas regarder.

Et il continua à marcher en baissant la tête. Lorsqu'il la releva, il se vit tout à coup entouré de plusieurs hommes, à longue barbe, dont il ne pouvait distinguer les visages. Sa vue s'obscurcit, son cœur se crispa.

— Ce manteau est à moi, cria l'un des hommes en saisissant le conseiller titulaire au collet.

Akaki voulut appeler au secours. Un autre des agresseurs lui cloua son poing sur la bouche et lui dit :

— Avise-toi seulement de crier !

Au même moment, le malheureux conseiller titulaire sentit qu'on lui enlevait son manteau et presque en même temps un coup de pied l'envoya rouler dans la neige où il resta évanoui.

Quelques instants après il reprit ses sens ; mais il ne vit plus personne. Dépouillé de son vêtement et tout gelé, il se mit à crier de toutes ses forces, mais ses cris ne pouvaient arriver jusqu'à l'autre bout de la place. Éperdu, il se précipita avec l'élan suprême du désespoir vers la guérite où la sentinelle, l'arme au repos, lui demanda pourquoi diable il faisait tant de tapage et courait ainsi comme un fou.

Quand Akaki fut tout près de lui, il traita le soldat d'ivrogne pour n'avoir pas vu qu'à très peu de distance de son poste on volait et pillait les passants.

— Je vous ai vu parfaitement, répondit l'homme, au milieu de la place avec deux individus. J'ai cru que vous étiez des amis. Il est inutile de se mettre sens dessus dessous. Allez trouver demain l'inspecteur de la police, il prendra l'affaire en main, fera rechercher les voleurs et ouvrira une enquête.

Que faire ?

Le malheureux conseiller titulaire arriva chez lui dans un état affreux : les cheveux lui pendaient en désordre sur le front, ses habits étaient couverts de neige. Quand sa propriétaire l'entendit frapper comme un fou furieux à la porte, elle se leva en sursaut et accourut à demi vêtue, mais elle recula d'effroi à l'aspect d'Akaki.

Quand il lui raconta ce qui lui était arrivé, elle joignit les mains et s'écria :

— Ce n'est pas à l'inspecteur de police que vous devez vous adresser, mais au commissaire du quartier. L'inspecteur vous amusera de belles paroles et ne fera rien. Mais le commissaire du quartier, je le connais depuis longtemps. Mon ancienne cuisinière Anna est maintenant en service chez lui et je le vois souvent passer sous nos fenêtres. Il va tous les jours de fête à l'église et l'on voit tout de suite à sa mine que c'est un brave homme.

Après cette recommandation pleine de sollicitude, Akaki se retira tristement dans sa chambre. Pour peu qu'on se représente sa situation, on comprendra quelle nuit il passa.

Le lendemain matin il se rendit chez le commissaire du quartier.

On lui apprit que ce haut fonctionnaire dormait encore. À dix heures, il y revint. Le haut fonctionnaire dormait toujours. À midi, le commissaire était sorti. Le conseiller titulaire se représenta encore à l'heure du repas, mais alors les commis lui demandèrent pourquoi il mettait tant d'insistance à vouloir voir leur chef. Pour la première fois de sa vie, Akaki fit preuve d'énergie. Il déclara qu'il avait besoin de parler au commissaire sur-le-champ et qu'on ne devait pas l'éconduire, car il s'agissait d'une affaire officielle et si quelqu'un se permettait de lui mettre des bâtons dans les roues, il pourrait lui en coûter cher.

Il n'y avait rien à répliquer à ce ton. Un des commis sortit pour aller prévenir son chef. Celui-ci donna audience à Akaki, mais l'écouta d'une façon assez singulière. Au lieu de s'intéresser au fait principal, c'est-à-dire au vol, il demanda au conseiller titulaire comment il se faisait qu'il courait les rues à une heure indue et s'il ne s'était pas trouvé à quelque réunion suspecte.

Abasourdi par cette question, le conseiller titulaire ne trouva pas de réponse et se retira sans savoir exactement si l'on donnerait ou non suite à son affaire.

Il n'avait pas été à son bureau de toute la journée, événement inouï dans sa vie. Le jour suivant il y reparut, mais dans quel état ! blême, agité, avec son vieux manteau, qui avait l'air encore plus pitoyable qu'auparavant. Quand ses collègues apprirent le malheur qui l'avait frappé, il y en eut plusieurs d'assez cruels pour en rire à gorge déployée ; cependant le plus grand nombre se sentirent émus d'une véritable pitié et organisèrent une souscription en sa faveur. Malheureusement cette louable entreprise n'eut qu'un résultat tout à fait insignifiant, parce que ces mêmes employés ou fonctionnaires supérieurs avaient déjà fourni leur cotisation à deux souscriptions antérieures : la première pour faire faire le portrait de leur directeur, la seconde pour s'abonner à un ouvrage qu'un ami de leur chef venait de faire paraître.

Un d'eux, qui avait réellement compassion d'Akaki, voulut, à défaut de mieux, lui donner un bon conseil. Il lui dit que ce serait peine perdue de retourner chez le commissaire du quartier, car, en supposant que ce fonctionnaire eût la chance de retrouver le manteau, la police garderait ce vêtement aussi longtemps que le conseiller titulaire n'aurait pas démontré péremptoirement qu'il en était le vrai et seul propriétaire.

Il l'engagea donc à s'adresser à quelque personnage haut placé, lequel personnage haut placé, grâce à ses bons rapports avec les autorités, mènerait l'affaire rondement.

Dans son égarement, Akaki se décida à suivre cet avis. Quelle était la position hiérarchique occupée par ce haut personnage et quel était son degré d'élévation dans la hiérarchie, on n'eût pu le dire. Tout ce que l'on savait, c'est que ce haut personnage était arrivé depuis peu à son haut emploi. Il y avait, il est vrai, d'autres personnages encore plus haut placés et le fonctionnaire dont il s'agit mettait en oeuvre tous les leviers possibles pour pouvoir lui-même monter encore plus haut. Par contre, il obligeait tous les autres employés au-dessous de lui à l'attendre au bas de l'escalier et personne ne pouvait arriver directement jusqu'à lui. Le secrétaire du collège faisait part de la demande d'audience à un secrétaire de gouvernement qui à son tour transmettait la demande à un haut fonctionnaire, lequel enfin la communiquait au haut personnage.

C'est la marche ordinaire des affaires dans notre sainte Russie. Le désir de faire comme les hauts fonctionnaires fait que chacun singe les manières de son supérieur. Il n'y a pas longtemps, un conseiller titulaire devenu chef d'un petit bureau fit mettre sur l'une de ses pièces un écriteau portant ces mots : Salle des délibérations. Là se tenaient des valets à collet rouge en habits brodés, pour annoncer les postulants qu'ils introduisaient dans la salle, si petite qu'il y avait tout juste la place pour une chaise.

Mais revenons à notre haut personnage. Il avait le maintien imposant, mais un peu embarrassé : son système se résumait en un mot : sévérité, sévérité, sévérité. Il répétait ce mot trois fois de suite, et la dernière fois, il fixait un regard pénétrant sur celui à qui il avait affaire. Il aurait pu se dispenser de déployer tant d'énergie, car les dix subalternes qu'il avait sous ses ordres le craignaient assez sans cela. Dès qu'ils le voyaient arriver de loin, ils s'empressaient de déposer leur plume et accouraient se tenir debout sur son passage. Dans ses conversations avec ses subordonnés, il gardait toujours une attitude fière et ne disait guère que ces paroles :

— Que voulez-vous ? Savez-vous à qui vous parlez ? N'oubliez pas à qui vous vous adressez !

Au demeurant, c'était un brave homme, aimable et complaisant pour ses amis. Son titre de directeur général lui avait tourné la tête. Depuis le jour qu'on le lui avait donné, il passait la plus grande partie de sa journée dans une espèce de vertige, tout en gardant toute sa présence d'esprit avec ses égaux, qui ne se doutaient point qu'il lui manquait quelque chose. Mais dès qu'il se trouvait avec un inférieur, il se renfermait dans un mutisme sévère et cette tenue lui était d'autant plus pénible qu'il sentait combien il aurait pu passer son temps plus agréablement.

Tous ceux qui l'observaient en pareille circonstance ne pouvaient mettre en doute qu'il brûlait du désir de se mêler à une conversation intéressante, mais la crainte de faire paraître quelque imprudente prévenance, de se montrer trop familier et de compromettre par là sa dignité, le retenait.

Pour se soustraire aux périls de ce genre, il gardait une réserve extraordinaire et ne parlait que de temps à autre par monosyllabes. Bref, il avait poussé son système si loin que l'on ne l'appelait que l'ennuyé, et ce titre était parfaitement mérité.

Tel était le haut personnage dont Akaki devait se concilier l'aide et la protection. Le moment qu'il choisit pour tenter sa démarche semblait tout à fait opportun pour flatter la vanité du directeur général et pour servir la cause du conseiller titulaire.

Le haut personnage se trouvait dans son cabinet et causait gaiement avec un vieil ami qu'il n'avait pas vu depuis nombre d'années, lorsqu'on lui annonça que M. Baschmakschkin sollicitait l'honneur d'obtenir une audience de Son Excellence.

— Quel homme est-ce ? demanda-t-il avec hauteur.

— Un employé.

— Faire attendre. Occupé. Pas le temps de recevoir.

Le haut personnage mentait. Rien ne l'empêchait d'accorder l'audience demandée. Son ami et lui avaient déjà épuisé plusieurs sujets de conversation. Déjà plus d'une fois leur entretien avait été interrompu par de longues pauses au bout desquelles ils s'étaient levés l'un et l'autre en se tapant familièrement sur l'épaule :

— Et voilà, mon cher.

— Eh ! oui, Stepan.

Mais le directeur général ne voulait pas recevoir le solliciteur pour faire sentir toute son importance à son ami qui avait quitté le service et habitait la campagne, et pour lui faire comprendre que les employés devaient faire le pied de grue dans l'antichambre jusqu'à ce qu'il lui plût de les accueillir.

À la fin, après plusieurs autres dialogues et plusieurs autres pauses, pendant lesquelles les deux amis, étendus dans leurs fauteuils, envoyaient au plafond la fumée de leurs cigares, le directeur général se rappela tout à coup qu'on lui avait demandé audience. Il appela son secrétaire qui se tenait à la porte avec plusieurs dossiers et lui ordonna de faire entrer le solliciteur.

Quand il vit Akaki l'air humble, en vieil uniforme usé, s'approcher de lui, il se tourna brusquement vers lui et d'un ton raide :

— Que voulez-vous ?

Sa voix était encore plus sévère que d'habitude et il cherchait à lui donner une intonation encore plus vibrante, car il y avait huit jours qu'il s'y exerçait devant sa glace.

Le timide Akaki se trouva complètement écrasé sous cette rude apostrophe. Cependant il fit un effort pour reprendre son sang-froid et pour raconter comme quoi et comment on lui avait volé son manteau, non sans émailler son récit d'une foule de détails oiseux. Il ajouta qu'il s'était adressé à Son Excellence dans l'espoir que, grâce à cette haute et bienveillante protection auprès du président de la police ou auprès des autres autorités supérieures, il pourrait rentrer en possession de son vêtement.

Le directeur général trouva cette démarche fort peu bureaucratique.

— Eh ! monsieur, dit-il, vous ne savez donc pas ce que vous aviez à faire en pareil cas ? D'où venez-vous donc ? Vous ne savez donc pas quelle est la voie hiérarchique à suivre ? Vous auriez dû adresser une pétition qui serait parvenue aux mains du chef de bureau et des siennes au chef de division qui l'aurait renvoyée à mon secrétaire, et mon secrétaire me l'aurait remise.

— Permettez-moi, interrompit Akaki en faisant un nouvel effort, mais cette fois un effort suprême pour recueillir le peu d'esprit qu'il eût conservés, car il sentait que la sueur lui coulait sur le front. Permettez-moi, Votre Excellence, de vous faire remarquer que si j'ai pris la liberté de vous déranger pour cette affaire, c'est que les secrétaires... les secrétaires sont des gens dont il n'y a rien à attendre.

— Hein ? Quoi ? Vraiment ! s'écria le directeur général. Vous osez tenir un pareil langage ! Où avez-vous pris de semblables suppositions ? Il est honteux de voir les jeunes gens, les subordonnés s'insurger contre leurs chefs !

Dans son transport, le directeur général ne voyait pas que le conseiller titulaire avait dépassé la cinquantaine et que la qualité de jeune ne lui convenait plus que relativement, c'est-à-dire dans le cas de comparaison avec un homme de soixante-dix ans.

— Savez-vous, continua le haut personnage, à qui vous parlez ? Souvenez-vous devant qui vous vous trouvez ici ! Souvenez-vous-en ! Je dis : souvenez-vous-en !

Et en disant ces paroles il frappait du pied et sa voix prenait un accent, une ampleur redoutables.

Akaki était complètement foudroyé ; il tressaillait, il frémissait et pouvait à peine se tenir sur ses jambes, et sans un garçon de bureau, qui accourut à son secours, il serait tombé par terre. On l'emporta, ou plutôt on le traîna dehors presque évanoui.

Le directeur général était tout stupéfait de l'effet produit par ses paroles ; cet effet dépassait son attente, et satisfait de ce que son ton impérieux eût exercé sur un vieillard une impression telle que le pauvre homme en avait perdu connaissance, il jeta un regard oblique sur son ami, pour voir comment celui-ci avait pris cette sortie. Quel ne fut point son contentement, lorsqu'il constata que son ami lui-même était tout ému et ne le considérait plus qu'avec un certain effroi.

Comment Akaki arriva au bas de l'escalier et comment il traversa la rue, il eût été sans doute incapable d'en rendre compte lui-même, car il était plus mort que vivant. De sa vie il n'avait été grondé par un directeur général et surtout par un directeur général aussi sévère.

Il marcha sous l'orage, qui rugissait au-dehors, sans s'apercevoir du temps affreux qu'il faisait, sans chercher contre la tempête un abri sur le trottoir. Le vent qui soufflait de toutes les directions et sortait en rafales de toutes les ruelles lui causa une inflammation de la gorge. Arrivé chez lui, il fut hors d'état de prononcer une parole. Il se mit au lit, tant était décisif l'effet produit par la leçon du directeur général.

Le lendemain, Akaki eut une fièvre violente. Grâce au climat de Saint-Pétersbourg, sa maladie fit en très peu de temps des progrès alarmants. Quand le médecin arriva, tous les secours de l'art étaient déjà inutiles. Le docteur lui tâta le pouls, rédigea une ordonnance pour ne pas le laisser mourir sans l'assistance de la Faculté, et déclara que le malade n'avait plus que deux jours à vivre.

Il dit ensuite à la propriétaire d'Akaki :

— Vous n'avez pas de temps à perdre ; occupez-vous de lui faire faire une bière en sapin, car pour un homme pauvre comme lui une bière en chêne coûterait trop cher.

Le conseiller titulaire entendit-il ces paroles ? lui donnèrent-elles un nouvel accès de fièvre plus violent encore ? plaignait-il tout bas son triste sort ? C'est ce qu'aucun homme n'eût pu dire, car il délirait. Des visions étranges passaient sans relâche dans son faible cerveau. Tantôt il se voyait en présence de Petrovitch, qu'il chargeait de faire un manteau avec des cordes pour les voleurs qui le poursuivaient dans son lit. Tantôt il priait sa propriétaire de chasser les voleurs qui s'étaient cachés sous sa couverture. Tantôt il se voyait devant le directeur général, qu'il entendait l'accabler de reproches et il demandait grâce à Son Excellence. Tantôt il se perdait dans des discours si étranges que la pauvre femme se signait avec épouvante. Jamais de sa vie elle n'avait entendu pareille chose et les propos inouïs du malade la mettaient d'autant plus hors d'elle-même que le titre d'excellence y revenait à chaque instant. Tantôt il murmurait de nouveau des paroles sans suite qui manquaient de liaison, si ce n'est qu'elles roulaient toujours sur la même chose : le manteau.

À la fin, Akaki rendit le dernier soupir.

On ne mit les scellés ni sur sa chambre ni sur son armoire, par la simple raison qu'il n'avait point d'héritier et ne laissait pour tout héritage qu'un paquet de plumes d'oie, un cahier de papier blanc, trois paires de bas, quelques boutons de culotte et son vieux manteau. À qui échurent ces reliques ? Dieu le sait. L'auteur de ce récit ne s'en est pas informé.

Akaki fut enveloppé dans un linceul et transporté au cimetière où on l'inhuma. La grande ville de Saint-Pétersbourg continua à mener son train de vie ordinaire, comme si le conseiller titulaire n'avait jamais existé.

Ainsi disparut un être humain qui n'avait eu ni protecteur ni ami ; qui n'avait inspiré d'intérêt réellement cordial à personne, qui n'avait jamais excité la curiosité des questionneurs, pourtant si ardents à s'enquérir, à piquer un insecte rare au bout d'une épingle pour l'examiner microscopiquement. Sans une seule parole de plainte, cet être avait supporté le mépris et la raillerie de ses collègues. Sans qu'il y eût été poussé par un événement extraordinaire, il avait pris le chemin du tombeau et lorsque, à la fin de ses jours, un manteau lui avait donné tous les transports de la jeunesse, le malheur l'avait terrassé.

Quelques jours après son audience, son chef, personne ne sachant ce qu'il était devenu, lui fit dire, chez lui, d'avoir à se rendre sur-le-champ à son poste. Le garçon de bureau revint avec la nouvelle que l'on ne reverrait plus le conseiller titulaire.

— Et pourquoi cela ? demandèrent tous les employés.

— Parce qu'il a été enterré il y a quatre jours.

Ce fut ainsi que les collègues d'Akaki apprirent sa mort.

Le lendemain sa place fut occupée par un autre employé d'une nature un peu plus robuste et qui ne se donna pas la peine de mouler les lettres en copiant les actes.

Il semblerait que l'histoire d'Akaki dût finir ici et que nous n'eussions plus rien à apprendre de lui. Mais le modeste conseiller titulaire était destiné à faire après sa mort plus de bruit que de son vivant, et ici notre récit prend un tour fantastique.

Un jour la nouvelle se répandit à Pétersbourg que dans le voisinage du pont de Katinka apparaissait toutes les nuits un fantôme en uniforme des fonctionnaires de la chancellerie et que ce fantôme, ce mort, cherchait un manteau volé et enlevait, sans s'inquiéter des titres ni des rangs, à tous les passants leurs manteaux ouatés, avec fourrures de chat, de loutre, d'ours, de castor, bref tout ce qui lui tombait sous la main. Un des anciens collègues du conseiller titulaire avait vu le spectre et avait parfaitement reconnu Akaki. Il avait couru de toutes ses forces pour lui échapper, mais il était déjà loin qu'il le voyait encore menacer du poing. Partout on apprenait que des conseillers et non seulement des conseillers titulaires, mais des conseillers d'État avaient pris de sérieux refroidissements à la suite de cet acte inqualifiable qui les avait dépouillés de leur plus chaud vêtement.

La police employa toutes les mesures possibles pour se saisir de ce spectre, mort ou vivant, et lui infliger un châtiment exemplaire ; mais toutes les tentatives restèrent infructueuses.

Un soir, pourtant, une sentinelle eut la chance d'arrêter le malfaiteur au moment où celui-ci enlevait le manteau d'un musicien. Le factionnaire appela deux camarades à son secours et leur confia le prisonnier, pendant qu'il cherchait sa tabatière pour ranimer son nez gelé. Il faut croire que le tabac avait une odeur telle qu'il était capable de réveiller un mort. À peine en eut-il approché quelques grains de ses narines, que le prisonnier se mit à éternuer si fortement que les trois soldats sentirent comme un voile leur couvrir les yeux. Tandis qu'ils se frottaient les paupières, le prisonnier disparut. Depuis ce jour, toutes les sentinelles eurent une si grande frayeur du spectre qu'elles n'osèrent plus se risquer à l'arrêter vivant et se bornèrent à lui crier de loin.

— Passez au large ! Au large !

Le fantôme continua à hanter les abords du pont de Katinka et répandit la terreur dans tout le quartier.

Revenons maintenant au directeur général, la cause première de notre récit fantastique mais absolument vrai. Nous devons à la vérité de dire qu'après la mort d'Akaki, il eut une certaine pitié du défunt. Le sentiment de l'équité n'était pas étranger à son cœur ; il avait même d'excellentes qualités et son seul défaut était de s'empêcher lui-même, par orgueil de son titre, de se montrer sous son bon côté. Quand son ami l'avait quitté, son esprit s'était occupé du malheureux conseiller titulaire qu'il voyait toujours prosterné, terrassé sous la rude algarade qu'il lui avait fait subir. Cette vision l'obsédait à un tel point, qu'un jour il chargea un de ses employés de s'informer de ce qu'était devenu Akaki et si l'on pouvait faire encore quelque chose pour lui.

Quand le messager revint avec la nouvelle qu'aussitôt après son audience le pauvre petit fonctionnaire était décédé, le directeur général eut un remords de conscience et resta toute la journée plongé dans des idées noires.

Pour chasser ses impressions désagréables, il se rendit vers le soir chez un ami où il espérait rencontrer une société charmante et, ce qui était le point capital, d'autres personnes que des fonctionnaires de son rang, de manière à ne pas devoir se sentir gêné.

Et en effet, il se vit bientôt délivré de toutes ses pensées mélancoliques, il s'anima, il prit feu, il se mêla à la conversation comme si de rien n'eût été et il passa une très belle soirée.

Au souper, il but deux verres de champagne, ce qui, comme on le sait, est un excellent moyen pour recouvrer la gaieté. Sous l'influence du breuvage mousseux, il eut l'idée de ne pas rentrer immédiatement chez lui et d'aller faire une visite à un autre ami qu'il n'avait pas revu depuis un certain temps.

Il monta dans son traîneau et donna à son cocher l'adresse.

Soigneusement enveloppé dans son manteau, il était dans un des plus agréables états où un Russe puisse souhaiter de se trouver, dans un de ces états où l'esprit se meut dans un cercle de pensées tour à tour plus charmantes les unes que les autres. Il songeait à la société qu'il venait de quitter, à tous les propos spirituels qu'il avait entendus et qu'il répétait à mi-voix avec de petits éclats de rire.

De temps à autre, il était troublé dans ses méditations par quelque violent coup de vent qui l'assaillait brusquement au détour d'un coin de rue et lui lançait au visage des tas de neige. La bise pénétrait sous son manteau, l'enflait comme une voile et l'obligeait à employer toutes ses forces pour le garder sur ses épaules.

Tout à coup il se sentit saisir au collet par une main puissante. Il se retourna et aperçut un petit homme vêtu d'un vieil uniforme. Il reconnut avec épouvante les traits d'Akaki, et ces traits étaient blêmes, livides, émaciés, comme ceux d'un mort.

— À la fin, je te tiens… Je puis te prendre au collet… Je veux mon manteau. Tu ne t'es pas soucié de moi quand j'étais dans le besoin, tu t'es imaginé que tu n'avais qu'à m'accabler de rebuffades. Rends-moi mon manteau.

Le haut fonctionnaire se sentit étouffer. Dans ses bureaux, devant ses subordonnés, c'était un homme d'un aspect imposant ; il n'avait qu'à lever les yeux sur un subalterne pour que tout le monde autour de lui s'écriât : « Quel grand personnage ! »

Mais comme beaucoup de fonctionnaires hautains, il n'avait du héros que l'apparence extérieure, et en ce moment il était dans une situation qui lui inspirait des craintes sérieuses pour sa santé.

D'une main tremblante et fébrile, il ôta lui-même son manteau et cria à son cocher :

— Vite à la maison ! vite !

Quand le cocher entendit cette voix qui n'avait rien de celle qu'il avait coutume d'entendre et qu'accompagnaient maintenant des coups de cravache, il baissa prudemment la tête et fit partir son traîneau comme une flèche. Bientôt après, le directeur général arriva chez lui. Il monta dans sa chambre, le visage blême, effaré, et passa une nuit si terrible que le lendemain matin, sa fille s'écria tout épouvantée :

— Mais, papa, tu es donc malade ?

Il ne dit rien, ni de ce qu'il avait vu, ni de ce qu'il avait fait la veille. Cependant cet événement fit une profonde impression sur lui. À partir de ce jour, il n'interpella plus ses subordonnés, il ne leur dit plus :

— Savez-vous à qui vous parlez ? Savez-vous qui est devant vous ?

Ou s'il lui arrivait encore de s'adresser à eux d'un ton impérieux, c'était du moins après avoir écouté leur requête.

Et encore, rarement ! Depuis ce jour aussi le spectre cessa de se montrer. Il est probable qu'il n'avait eu d'autre dessein que de mettre la main sur le manteau du directeur général ; maintenant qu'il l'avait, il ne désirait plus rien. Toutefois, plusieurs personnes assuraient que le fantôme apparaissait encore dans d'autres quartiers de la ville…

Un factionnaire racontait qu'il l'avait vu de ses propres yeux, comme une ombre fugitive, se glisser derrière une maison. Mais ce factionnaire était d'un naturel si craintif, que les gens prenaient souvent plaisir à le railler de ses craintes chimériques. Comme il n'osait pas arrêter le spectre au passage, il s'était contenté de se glisser à son tour prudemment derrière lui.

Mais le spectre s'était brusquement retourné et avait crié : « Que veux-tu ? » en montrant un poing si formidable que personne n'en avait jamais vu de pareil.

— Je ne veux rien, répondit le factionnaire, et il s'empressa de rebrousser chemin.

Cette ombre était plus grande que celle du conseiller titulaire et portait une barbe énorme. Elle traversa à grands pas le pont d'Obuchoff et disparut ensuite dans les ténèbres de la nuit.

Le nez

I

Le 25 mars, il se passa à Saint-Pétersbourg un événement extraordinairement bizarre. Le barbier Ivan Iakovlievitch (son nom de famille s'est enseveli dans la nuit des temps, de sorte que, même sur l'enseigne qui représente un homme avec une joue couverte de mousse de savon, avec, dessous, cette inscription : « On tire aussi le sang », – ce nom ne se trouve pas) –, Ivan Iakovlievitch donc s'éveilla d'assez bonne heure et fut aussitôt frappé par une odeur de pain chaud. Se levant un peu sur son séant, il s'aperçut que son épouse, matrone très respectable, qui avait un goût prononcé pour le café, sortait du four des pains fraîchement cuits.

— Praskovia Ossipovna, lui dit Ivan Iakovlievitch, je ne prendrai pas de café aujourd'hui, parce que j'aime mieux déjeuner avec du pain chaud et de l'oignon (c'est-à-dire qu'Ivan Iakovlievitch aurait préféré l'un et l'autre, mais il savait qu'il lui était absolument impossible de demander deux choses à la fois, Praskovia Ossipovna ne tolérant jamais semblables fantaisies).

« Qu'il mange du pain, l'imbécile, se dit en elle-même la digne matrone, ce n'en est que mieux pour moi, j'aurai un peu plus de café. »

Et elle jeta un pain sur la table.

Ivan Iakovlievitch, par respect pour les convenances, endossa un vêtement par-dessus sa chemise et, ayant pris place à table, posa devant lui deux oignons et du sel ; puis, s'emparant d'un couteau, il se mit en devoir de couper le pain. L'ayant divisé en deux, il jeta un regard dans l'intérieur et aperçut avec surprise quelque chose de blanc. Il y plongea avec précaution le couteau, y enfonça un doigt :

« C'est solide ! fit-il à part soi, qu'est-ce que cela pourrait bien être ? »

Il enfonça encore une fois les doigts et en retira… un nez !…

Les bras lui en tombèrent, il se mit à se frotter les yeux, à le tâter : c'était en effet un nez et au surplus, lui semblait-il, un nez connu. La terreur se peignit sur la figure d'Ivan Iakovlievitch. Mais cette terreur n'était rien en comparaison de l'indignation qui s'empara de son épouse.

— À qui, bête féroce, as-tu coupé le nez comme cela ? s'écria-t-elle avec colère. Coquin, ivrogne, je te dénoncerai moi-même à la police. Brigand que tu es ! J'ai déjà ouï dire à trois personnes que tu avais l'habitude, en faisant la barbe, de tirer si fort les nez, qu'ils avaient peine à rester en place.

Mais Ivan Iakovlievitch était plus mort que vif. Il avait enfin reconnu, dans ce nez, le propre nez de l'assesseur de collège Kovaliov, à qui il faisait la barbe tous les mercredis et dimanches.

— Attends un peu, Praskovia Ossipovna ! Je vais l'envelopper dans un chiffon et le poser dans le coin ; qu'il demeure là quelque peu, je l'emporterai plus tard.

— Je ne t'écoute même pas ! Que je consente à garder dans ma chambre un nez coupé ?… Biscuit roussi que tu es ! Tu ne sais que manier ton rasoir, et bientôt tu ne seras même plus en état d'accomplir tes devoirs, coureur, vaurien. Que je sois responsable pour toi devant la police !… Imbécile, soliveau, va !… hors d'ici avec lui, hors d'ici ! Porte-le où tu voudras ! Que je n'en entende plus parler !

Ivan Iakovlievitch se tenait dans une attitude d'accablement profond. Il réfléchissait, réfléchissait, et ne savait que croire.

— Du diable si je comprends comment cela est arrivé ? fit-il enfin, en se grattant derrière l'oreille ; suis-je rentré ivre hier ou non, je ne saurais le dire avec certitude. Pourtant, selon tous les indices, ce doit être impossible… puisque le pain est une chose cuite, et qu'un nez est tout autre chose. Je n'y comprends absolument rien.

Ivan Iakovlievitch se tut. L'idée que les agents de police finiraient par trouver le nez chez lui et l'accuseraient de l'avoir coupé, cette idée le terrifiait. Il lui semblait déjà voir devant lui un col de drap pourpre brodé d'argent, une épée... et il tremblait de tous ses membres. Finalement, il passa sa culotte, se chaussa et, enveloppant le nez dans un mouchoir, sortit dans la rue, accompagné par les exhortations peu aimables de Praskovia Ossipovna.

Il avait l'intention de le glisser quelque part sous une borne, une porte cochère, ou bien de le laisser tomber comme par hasard et de disparaître ensuite dans la ruelle la plus proche. Mais, pour son malheur, il ne faisait que rencontrer des gens qui le connaissaient et qui l'abordaient en lui disant : « Où vas-tu ? » ou bien : « À qui veux-tu donc faire la barbe de si bonne heure ? », de sorte qu'Ivan Iakovlievitch ne pouvait trouver un moment propice pour réaliser son dessein. Une fois, il réussit pourtant à le faire tomber, mais le garde de police le lui indiqua de loin avec sa hallebarde, en lui criant :

— Ramasse, tu viens de perdre quelque chose.

Et Ivan Iakovlievitch fut obligé de ramasser le nez et de le cacher dans sa poche. Le désespoir s'empara de lui, d'autant que les rues commençaient à se peupler de plus en plus, à mesure que s'ouvraient les magasins et les boutiques.

Il résolut de se diriger vers le pont d'Issaky ; là, il réussirait peut-être à le jeter dans la Néva ?

... Mais j'eus tort de ne vous avoir rien dit jusqu'à présent d'Ivan Iakovlievitch, qui pourtant était un homme d'assez grande importance dans le monde.

Comme tout brave ouvrier russe, Ivan Iakovlievitch était un incorrigible ivrogne. Et quoiqu'il rasât tous les jours les mentons des autres, le sien ne l'était jamais. Son habit (Ivan Iakovlievitch ne portait jamais de redingote) était de couleur pie, c'est-à-dire qu'il était noir, mais tout couvert de taches grises et brunes ; son col était graisseux et à la place des boutons on voyait seulement pendre des fils. Ivan Iakovlievitch était un grand cynique, et lorsque l'assesseur de collège Kovaliov lui disait, pendant qu'il lui faisait la barbe : « Tes mains, Ivan Iakovlievitch, sentent toujours mauvais », il se contentait de répondre par la question :

— Pourquoi donc sentiraient-elles mauvais ?

— Je n'en sais rien, mon ami, disait alors l'assesseur de collège, le fait est qu'elles sentent mauvais.

Et Ivan Iakovlievitch, après avoir humé une prise, se mettait à le savonner, en manière de représailles, et sur les joues, et au-dessous du nez, et derrière l'oreille, et sous le menton, partout enfin où l'envie lui en prenait.

Ce citoyen respectable arriva donc sur le pont d'Issaky. Il jeta un regard autour de lui, puis se pencha sur le parapet comme pour voir la quantité de poisson qui passait sous le pont, et fit tomber tout doucement le chiffon qui renfermait le nez. Il se sentit immédiatement soulagé, comme si on lui avait enlevé un grand fardeau ; un sourire apparut même sur ses lèvres. Et au lieu de s'en aller raser les mentons des fonctionnaires, il se dirigeait vers l'établissement qui portait pour enseigne : Repas et thé – dans l'intention de se commander un verre de punch –, quand tout à coup il aperçut à l'extrémité du pont un commissaire de police du quartier, à la physionomie imposante, ornée de larges favoris, un fonctionnaire portant tricorne et épée. Il se sentit glacé de terreur, tandis que le commissaire, lui faisant signe du doigt, lui criait :

— Viens donc par ici, mon cher !

Ivan Iakovlievitch, qui connaissait les usages, ôta de loin sa casquette et accourant avec empressement dit :

— Bonne santé à Votre Noblesse !

— Non, non, mon ami, pas de Noblesse ; raconte-moi plutôt ce que tu faisais là, sur le pont ?

— Par ma foi, monsieur, en revenant de faire la barbe, je me suis seulement arrêté pour voir si le courant était rapide.

— Tu mens, tu mens ! Tu n'en seras pas quitte à si bon marché.
Dis plutôt la vérité.

— Je suis prêt à faire la barbe à Votre Grâce, deux, trois fois par semaine, sans résistance aucune, répondit Ivan Iakovlievitch.

— Mais, mon ami, ce n'est rien, tout cela. J'ai trois barbiers qui me font la barbe, et s'en trouvent encore très honorés. Raconte-moi donc plutôt ce que tu faisais là-bas.

Ivan Iakovlievitch pâlit.

Mais ici les événements s'obscurcissent d'un brouillard, et tout ce qui se passa après demeure absolument inconnu.

II

L'assesseur de collège Kovaliov s'éveilla d'assez bonne heure et fit avec ses lèvres « brrr... », ce qu'il faisait toujours en s'éveillant, quoiqu'il n'eût jamais pu expliquer pourquoi. Il s'étira et demanda une petite glace qui se trouvait sur la table. Il voulait jeter un coup d'œil sur le bouton qui lui était venu sur le nez la veille au soir ; mais, à sa grande surprise, il aperçut à la place du nez un endroit parfaitement plat.

Effrayé, Kovaliov se fit apporter de l'eau et se frotta les yeux avec une serviette. En effet, le nez n'y était pas. Il se mit à se tâter pour s'assurer qu'il ne dormait pas ; non, il ne dormait pas. Il sauta en bas du lit, se secoua : pas de nez ! Il demanda immédiatement ses habits, et courut droit chez le grand maître de la police.

Il faut pourtant que je dise quelques mots de Kovaliov, afin que le lecteur puisse voir ce que c'était que cet assesseur de collège. Les assesseurs qui reçoivent ce grade grâce à leurs certificats de sciences ne doivent pas être confondus avec ceux que l'on fabriquait au Caucase. Ce sont deux espèces absolument différentes. Les assesseurs de collège savants...

Mais la Russie est une terre si bizarre, qu'il suffit de dire un mot sur un assesseur quelconque, pour que tous les assesseurs, depuis Riga jusqu'au Kamtchatka, y voient une allusion à eux-mêmes. Ceci s'applique du reste à tous les grades, à tous les rangs.

Kovaliov était un assesseur de collège du Caucase. Il n'était en possession de ce titre que depuis deux ans, c'est pourquoi il ne l'oubliait pas, fût-ce pour un instant, et afin de se donner encore plus d'importance, il ne se faisait jamais appeler assesseur de collège, mais toujours « major ».

— Écoute, ma colombe, disait-il ordinairement quand il rencontrait dans la rue une bonne femme qui vendait des faux cols, viens chez moi, j'habite rue Sadovaïa ; tu n'as qu'à demander l'appartement du major Kovaliov, chacun te l'indiquera.

Pour cette raison, nous appellerons dorénavant major cet assesseur de collège.

Le major Kovaliov avait l'habitude de se promener chaque jour sur la Perspective de Nievsky. Son faux col était toujours d'une blancheur éblouissante et très empesé. Ses favoris appartenaient à l'espèce qu'on peut rencontrer encore aujourd'hui chez les arpenteurs des gouvernements et des districts, chez les architectes et les médecins de régiment, chez bien d'autres personnes occupant des fonctions diverses et, en général, chez tous les hommes qui possèdent des joues rebondies et rubicondes et jouent en perfection au boston : ces favoris suivent le beau milieu de la joue et viennent rejoindre en ligne droite le nez.

Le major Kovaliov portait une grande quantité de petits cachets sur lesquels étaient gravés des armoiries, les jours de la semaine, etc. Il était venu de Saint-Pétersbourg pour affaires, et notamment pour chercher un emploi qui convînt à son rang : celui de gouverneur, s'il se pouvait, sinon, celui d'huissier dans quelque administration en vue.

Le major Kovaliov n'aurait pas refusé non plus de se marier, mais dans le cas seulement où la fiancée lui apporterait 200 000 roubles de dot. Que le lecteur juge donc par lui-même quelle devait être la situation de ce major, lorsqu'il aperçut, à la place d'un nez assez bien conformé, une étendue d'une platitude désespérante.

Pour comble de malheur, pas un seul fiacre ne se montrait dans la rue et il se trouva obligé d'aller à pied, en s'emmitouflant dans son manteau et, le mouchoir sur sa figure, faisant semblant de saigner du nez.

« Mais peut-être tout cela n'est-il que le fait de mon imagination ; il n'est pas possible qu'un nez disparaisse ainsi sottement », pensa-t-il.

Et il entra exprès dans une pâtisserie, rien que pour se regarder dans une glace. Heureusement pour lui, il n'y avait pas de clients dans la boutique ; seuls, des marmitons balayaient les pièces ; d'autres, les yeux ensommeillés, apportaient sur des plats des gâteaux tout chauds ; sur les tables et les chaises traînaient les journaux de la veille.

— Dieu merci, il n'y a personne, se dit-il, je puis me regarder maintenant.

Il s'approcha timidement de la glace et y jeta un coup d'œil.

— Peste, que c'est vilain, fit-il en crachant de dégoût, s'il y avait du moins quelque chose pour remplacer le nez !... mais comme cela... rien !

Dépité, se mordant les lèvres, il sortit de la pâtisserie, résolu, contre toutes ses habitudes, à ne regarder personne, à ne sourire à personne. Tout à coup, il s'arrêta comme pétrifié devant la porte d'une maison ; quelque chose d'inexplicable venait de se passer sous ses yeux. Une voiture avait fait halte devant le perron : la portière s'ouvrit, un monsieur en uniforme sauta en bas de la voiture et monta rapidement l'escalier. Quelle ne fut donc pas la terreur, et en même temps la stupéfaction de Kovaliov, lorsqu'il reconnut chez ce monsieur son propre nez !

À ce spectacle inattendu, tout sembla tournoyer devant ses yeux ; il eut peine à se maintenir debout, mais, quoiqu'il tremblât comme dans un accès de fièvre, il résolut d'attendre le retour du nez. Deux minutes plus tard celui-ci sortait en effet de la maison. Il portait un uniforme brodé d'or avec un grand col droit, un pantalon en peau et une épée au côté. Son chapeau à plumet pouvait faire croire qu'il possédait le grade de conseiller d'État. Selon toute évidence, il était en tournée de visites. Il regarda autour de lui, jeta au cocher l'ordre d'avancer, monta en voiture et partit.

Le pauvre Kovaliov faillit devenir fou. Il ne savait que penser d'un événement aussi bizarre. Comment avait-il pu se faire, en effet, qu'un nez qui, la veille encore, se trouvait sur son propre visage, et qui était certainement incapable d'aller à pied ou en voiture, portât maintenant uniforme ? Il suivit en courant la voiture qui, heureusement pour lui, s'arrêta à quelques pas de là, devant le grand Bazar de Moscou. Il se hâta de le rejoindre, en se faufilant à travers la rangée des vieilles mendiantes à la tête entortillée de bandes avec des ouvertures ménagées pour les yeux, et dont il s'égayait fort autrefois.

Il y avait peu de monde devant le Bazar. Kovaliov était si ému qu'il ne pouvait se résoudre à rien, et cherchait des yeux ce monsieur dans tous les coins. Il l'aperçut enfin devant une boutique. Le nez avait complètement dissimulé sa figure sous son grand col et examinait avec beaucoup d'attention je ne sais quelles marchandises.

— Comment l'aborder ? se demandait Kovaliov. À en juger par tout son uniforme, son chapeau, il est évident qu'il est conseiller d'État. Du diable si je sais comment m'y prendre !

Il se mit à toussoter à côté de lui, mais le nez gardait toujours la même attitude.

— Monsieur, commença Kovaliov, en faisant un effort pour reprendre courage, monsieur…

— Que désirez-vous ?… répondit le nez en se retournant.

— Il me semble étrange, monsieur, je crois… vous devez connaître votre place ; et tout à coup je vous retrouve, où ?… Vous conviendrez…

— Excusez-moi, je ne comprends pas bien de quoi il vous plaît de me parler… Expliquez-vous.

« Comment lui expliquer cela ? » pensait Kovaliov.

Et, prenant son courage à deux mains, il continua :

— Certes, moi, d'ailleurs… je suis major… Pour moi, ne pas avoir de nez, vous en conviendrez, n'est pas bien séant.

Une marchande qui vend des oranges sur le pont de Vozniessiensk peut rester là sans nez, mais moi qui ai en vue d'obtenir… avec cela, qui fréquente dans plusieurs maisons où se trouvent des dames : Mme Tchektyriev, femme de conseiller d'État, et d'autres encore… Jugez vous-même… Je ne sais vraiment pas, monsieur… (ici le major Kovaliov haussa les épaules) excusez-moi… si on envisage cela au point de vue des principes du devoir et de l'honneur… Vous pouvez comprendre cela vous-même.

— Je n'y comprends absolument rien, répliqua le nez. Veuillez vous expliquer d'une façon plus satisfaisante.

— Monsieur, fit Kovaliov avec dignité, je ne sais comment je dois entendre vos paroles… Il me semble que tout cela est d'une évidence absolue… ou bien, vous voudriez… Mais vous êtes pourtant mon propre nez.

Le nez regarda le major en fronçant les sourcils.

— Vous vous trompez, monsieur, je suis moi-même. En outre, il ne peut exister entre nous aucun rapport, puisque, à en juger par les boutons de votre uniforme, vous devez servir dans une administration autre que la mienne.

Après avoir dit ces mots, le nez se détourna.

Kovaliov se troubla au point de ne plus savoir ni que faire, ni même que penser. En ce moment, il entendit le frou-frou soyeux d'une robe de femme, et Kovaliov vit s'approcher une dame d'un certain âge, toute couverte de dentelles, accompagnée d'une autre, mince et fluette avec une robe blanche qui dessinait à merveille sa taille fine et un chapeau de paille léger comme un gâteau feuilleté. Derrière elles marchait un haut laquais à favoris énormes avec une douzaine de collets à sa livrée.

Kovaliov fit quelques pas en avant, rajusta son col de batiste, arrangea ses cachets suspendus à une chaînette d'or et, la figure souriante, fixa son attention sur la dame fluette qui, pareille à une fleurette printanière, se penchait légèrement et portait à son front sa menotte blanche aux doigts transparents. Le sourire de Kovaliov s'élargit encore lorsqu'il aperçut sous le chapeau un petit menton rond d'une blancheur éclatante et une partie de la joue, teintée légèrement de rose.

Mais tout à coup il fit un bond en arrière comme s'il s'était brûlé. Il se rappela qu'il avait, à la place du nez, un vide absolu, et des larmes jaillirent de ses yeux. Il se retourna pour déclarer sans ambages au monsieur en uniforme qu'il n'avait que les apparences d'un conseiller d'État, qu'il n'était qu'un lâche et qu'un coquin et enfin pas autre chose que son propre nez… Mais le nez n'était plus là ; il avait eu le temps de repartir, sans doute pour continuer ses visites.

Cette disparition plongea Kovaliov dans le désespoir. Il revint en arrière et s'arrêta un instant sous les arcades, en jetant des regards de tous les côtés, dans l'espérance d'apercevoir le nez quelque part. Il se rappelait très bien qu'il portait un chapeau à plumes et un uniforme brodé d'or, mais il n'avait pas remarqué la forme de son manteau, ni la couleur de sa voiture et de ses chevaux, ni même s'il avait derrière la voiture un laquais et quelle était sa livrée. Et puis, tant de voitures passaient devant lui qu'il lui eût été difficile d'en reconnaître une et, l'eût-il reconnue, qu'il n'aurait eu nul moyen de l'arrêter.

La journée était belle et ensoleillée. Une foule immense se pressait sur la Perspective ; toute une cascade fleurie de dames se déversait sur le trottoir. Voilà un conseiller de cour qu'il connaît et à qui il octroie le titre de lieutenant-colonel, surtout en présence des autres. Voilà Iaryghine, son grand ami, qui toujours fait faire remise[6] au boston, quand il joue huit, et voilà aussi un autre major qui a obtenu au Caucase le grade d'assesseur de collège : ce dernier lui fait signe de s'approcher.

— Au diable ! se dit Kovaliov... Eh, cocher ! mène-moi droit chez le maître de police.

Kovaliov monta en fiacre et ne cessa de crier tout le temps au cocher :

— Cours ventre à terre !

— Le maître de la police est-il chez lui ? s'écria-t-il en entrant dans l'antichambre.

— Non, monsieur, répondit le suisse, il vient de sortir.

— Allons bon !...

— Oui, continua le suisse ; il n'y a pas longtemps, mais il est parti ; si vous étiez venu un instant plus tôt, peut-être l'auriez-vous trouvé.

Kovaliov, le mouchoir toujours appliqué sur sa figure, remonta en fiacre et cria d'une voix désespérée :

— Va !

— Où ? demanda le cocher.

— Va tout droit.

— Comment, tout droit ?... mais c'est un carrefour ici !... Faut-il prendre à droite ou à gauche ?

Cette question fit réfléchir Kovaliov. Dans sa situation, il devait avant tout s'adresser à la police, non pas que son affaire eût un

____

6   Terme de jeu ; amande.

rapport direct avec celle-ci, mais parce qu'elle serait capable de prendre des mesures plus rapides que les autres administrations. Quant à demander satisfaction au ministère où le nez se prétendait attaché, cela n'était rien moins que raisonnable, car les réponses de ce monsieur donnaient à conclure qu'il n'existait rien de sacré pour lui, et il aurait pu tout aussi bien avoir menti dans ce cas-là, comme il mentait en affirmant qu'il ne l'avait jamais vu, lui, Kovaliov.

Mais au moment où Kovaliov était déjà prêt à donner l'ordre au cocher de le conduire au tribunal de police, l'idée lui vint que ce coquin, ce fripon, qui, dès la première rencontre, s'était conduit vis-à-vis de lui d'une façon si peu loyale, pouvait très bien, profitant du répit, quitter clandestinement la ville ; et alors toutes les recherches seraient vaines, ou pourraient durer, ce qu'à Dieu ne plaise, un mois entier. Enfin, comme si le ciel lui-même l'avait inspiré, il résolut de se rendre directement au bureau des annonces, et de faire publier par avance un avis avec la description détaillée de tous les caractères distinctifs du nez, pour que quiconque l'eût rencontré pût le ramener immédiatement chez lui, Kovaliov, ou du moins lui faire connaître le lieu où il séjournait.

Cette résolution enfin prise, il donna ordre au cocher de se rendre au bureau des annonces ; et tout le long du chemin il ne cessait de le bourrer de coups dans le dos en disant :

— Vite, misérable, vite, coquin !

— Eh ! maître ! répondait le cocher en secouant la tête et en cinglant des rênes son cheval aux poils longs comme ceux d'un épagneul.

Enfin le fiacre s'arrêta et Kovaliov, essoufflé, entra en courant dans une petite pièce où un fonctionnaire à cheveux blancs, vêtu d'un habit râpé, des lunettes sur son nez, était assis devant une table, une plume à la bouche, et comptait la monnaie de cuivre qu'on venait de lui apporter.

— Qui est-ce qui reçoit ici les annonces ? s'écria Kovaliov… Ah ! c'est vous, bonjour.

— Tous mes respects, répondit le fonctionnaire à cheveux blancs, levant les yeux pour un moment et les abaissant de nouveau sur les tas de monnaie placés devant lui.

— Je voudrais faire publier…

— Permettez, veuillez patienter un moment, fit le fonctionnaire, en traçant d'une main des chiffres sur le papier et en déplaçant de l'autre deux boules sur l'abaque.

Un laquais galonné, dont l'extérieur indiquait qu'il servait dans une grande maison aristocratique, se tenait près de la table, un billet à la main et, jugeant à propos de faire preuve de sociabilité, exposait ainsi ses idées :

— Le croiriez-vous, monsieur, ce petit chien-là ne vaut pas au fond quatre-vingts kopecks, et quant à moi, je n'en donnerais même pas huit liards ; mais la comtesse l'aime, ma foi ; elle l'aime, et voilà, elle offre à celui qui le ramènera cent roubles. Il faut avouer, tels que nous sommes là, que les goûts des gens sont tout à fait disproportionnés avec leur objet : si l'on est amateur, eh bien, qu'on ait un chien couchant ou un barbet, qu'on ne craigne pas de le payer cinq cents roubles, qu'on en donne même mille, mais que ce soit au moins un bon chien.

L'honorable fonctionnaire écoutait avec un air entendu, tout en calculant le nombre des lettres renfermées dans le billet. De chaque côté de la table se tenait une foule de bonnes femmes, de commis et de portiers, avec des billets à la main. L'un annonçait la vente d'une calèche n'ayant servi que très peu de temps, amenée de Paris en 1814 ; un autre, celle d'un « drojki[7] » solide, auquel manquait un ressort ; on vendait aussi un jeune cheval fougueux de dix-sept ans, et ainsi de suite. La pièce où était réunie cette société était très petite et l'air y était très lourd, mais l'assesseur de collège ne pouvait pas sentir l'odeur, puisqu'il avait couvert sa figure d'un mouchoir et aussi parce que son nez lui-même se trouvait on ne savait dans quels parages.

— Monsieur, je voudrais vous prier… Il y a urgence, fit-il enfin, impatienté.

— Tout de suite, tout de suite ! Deux roubles quarante-trois kopecks… À l'instant ! Un rouble soixante-quatre kopecks !… disait le monsieur aux cheveux blancs, en jetant les billets au visage des bonnes femmes et des portiers.

---

7   Espèce de voiture.

— Que désirez-vous, fit-il enfin en se tournant vers Kovaliov.

— Je voudrais… dit celui-ci… il vient de se passer une escroquerie ou une supercherie, je ne suis pas encore fixé sur ce point. Je vous prie seulement d'insérer l'annonce que celui qui me ramènera ce coquin recevra une récompense honnête.

— Quel est votre nom, s'il vous plaît ?

— Mon nom, pourquoi ? Je ne peux pas le dire. J'ai beaucoup de connaissances : Mme Tchektyriev, femme de conseiller d'État ; Mme Podtotchina, femme d'officier supérieur… Si elles venaient à l'apprendre, ce qu'à Dieu ne plaise !… Vous pouvez simplement mettre : assesseur de collège, ou encore mieux, major.

— Et celui qui s'est enfui était votre serf ?

— Quel serf ! ce ne serait pas, après tout, une si grande escroquerie ! Celui qui s'est enfui, c'est… le nez…

— Hum !… quel nom bizarre ! Et la somme que vous a volée ce monsieur Le Nez est-elle considérable ?

— Le nez, mais non, vous n'y êtes pas. Le nez, mon propre nez a disparu on ne sait où. Le diable a voulu se jouer de moi.

— Comment a-t-il donc disparu ? Je ne comprends pas bien.

— Je ne peux pas vous dire comment, mais ce qui importe le plus, c'est qu'il se promène maintenant en ville, et se fait appeler conseiller d'État. C'est pourquoi je vous prie d'annoncer que celui qui s'en saisira ait à le ramener sans tarder chez moi, le plus vite possible. Pensez donc, comment vivre sans une partie du corps aussi en vue ? Il ne s'agit pas ici d'un orteil : je n'aurais qu'à fourrer mon pied dans ma botte, et personne ne s'apercevrait s'il manque…

Je vais les jeudis chez la femme du conseiller d'État, Mme Tchektyriev ; Mme Podtotchina, femme d'officier supérieur et qui a une très jolie fille, est aussi de mes connaissances, et pensez donc vous-même, comment ferais-je maintenant ?… Je ne peux plus me montrer chez elles.

Le fonctionnaire se mit à réfléchir, ce que dénotaient ses lèvres fortement serrées.

— Non, je ne peux pas insérer une annonce semblable dans les journaux, fit-il enfin après un silence assez long.

— Comment ? Pourquoi ?

— Parce que. Le journal peut être compromis. Si tout le monde se met à publier que son nez s'est enfui, alors… On répète assez sans cela qu'on imprime une foule de choses incohérentes et de faux bruits.

— Mais pourquoi est-ce une chose incohérente ? Il me semble qu'il n'y a rien de pareil dans mon cas.

— Vous croyez ?… Tenez, la semaine dernière, il m'arriva précisément un cas pareil. Un fonctionnaire est venu, comme vous voilà venu, vous, maintenant, en apportant un billet qu'il a payé, le compte fait, deux roubles soixante-treize kopecks, et ce billet annonçait simplement la fuite d'un barbet à poil noir. Il semblerait qu'il n'y eût rien d'étrange là-dedans. C'était pourtant un pamphlet : ce barbet se trouvait être le caissier de je ne sais quel établissement…

— Je ne vous parle pas de barbet, mais de mon propre nez, donc presque de moi-même.

— Non, je ne puis insérer une telle annonce.

— Mais si mon nez a réellement disparu !…

— S'il a disparu, c'est l'affaire d'un médecin. On dit qu'il y a des gens qui peuvent vous remettre tel nez qu'on voudra. Je m'aperçois, du reste, que vous devez être un homme d'humeur assez gaie et que vous aimez à plaisanter en société.

— Mais, je vous jure, par ma foi !… Soit, puisqu'il en est ainsi, je vais vous montrer…

— À quoi bon vous déranger ? continua le fonctionnaire, en prenant une prise… Du reste, si cela ne vous gêne pas trop, ajouta-t-il avec un mouvement de curiosité, il me serait agréable de jeter un coup d'œil.

L'assesseur de collège enleva le mouchoir de sa figure.

— En effet, c'est très bizarre, fit le fonctionnaire : c'est tout à fait plat, comme une crêpe fraîchement cuite. Oui, c'est uni à n'y pas croire.

— Eh bien, allez-vous discuter encore maintenant ? Vous voyez bien qu'il est impossible de ne pas faire publier cela. Je vous en serai particulièrement reconnaissant, et je suis très heureux que cet incident m'ait procuré le plaisir de faire votre connaissance.

Le major, comme on le voit, n'avait même pas reculé devant une légère humiliation.

— L'insérer n'est certes pas chose difficile, fit le fonctionnaire ; seulement je n'y vois aucune utilité pour vous. Toutefois, si vous y tenez absolument, adressez-vous plutôt à quelqu'un qui possède une plume habile, afin qu'il le décrive comme un phénomène de la nature et publie cet article dans l'Abeille du Nord (à ces mots le fonctionnaire prit une autre prise) pour le plus grand profit de la jeunesse (il s'essuya le nez) ou tout simplement comme une chose digne de la curiosité publique.

L'assesseur de collège se sentit complètement découragé. Distraitement il abaissa les yeux sur un journal où se trouvait l'indication des spectacles du jour : en y lisant le nom d'une artiste qu'il connaissait pour être jolie, sa figure se préparait déjà à esquisser un sourire et sa main tâtait sa poche, afin de s'assurer s'il avait sur lui un billet bleu, car selon l'opinion de Kovaliov, des officiers supérieurs tels que lui ne pouvaient occuper une place d'un moindre prix ; mais l'idée du nez vint se mettre à la traverse et tout gâter.

Le fonctionnaire lui-même semblait touché de la situation difficile de Kovaliov. Désirant soulager quelque peu sa douleur, il jugea convenable d'exprimer l'intérêt qu'il lui portait en quelques paroles bien senties :

— Je regrette infiniment, fit-il, qu'il vous soit arrivé pareille mésaventure ! N'accepteriez-vous pas une prise ?... cela dissipe les maux de tête et les dispositions à la mélancolie, c'est même bon contre les hémorroïdes.

Et ce disant, le fonctionnaire tendit sa tabatière à Kovaliov en dissimulant habilement en dessous le couvercle orné d'un portrait de je ne sais quelle dame en chapeau.

Cet acte, qui ne cachait pourtant aucun dessein malveillant, eut le don d'exaspérer Kovaliov.

— Je ne comprends pas que vous trouviez à propos de plaisanter là-dessus, s'écria-t-il avec colère. Est-ce que vous ne voyez pas que je manque précisément de l'essentiel pour priser ? Que le diable emporte votre tabac ! Je ne peux pas le voir maintenant, et non seulement votre vilain tabac de Bérézine, mais même du râpé.

Sur ce, il sortit, profondément irrité, du bureau des annonces et se rendit chez le commissaire de police.

Il fit son entrée juste au moment où celui-ci, en s'allongeant sur son lit, se disait avec un soupir de satisfaction :

— Et maintenant, je m'en vais faire un bon petit somme.

Il était donc à prévoir que la venue de l'assesseur de collège serait tout à fait inopportune. Ce commissaire était un grand protecteur de tous les arts et de toutes les industries, mais il préférait encore à tout un billet de banque.

— C'est une chose, avait-il coutume de dire, dont on ne trouve pas aisément l'équivalent : cela ne demande pas de nourriture, ne prend pas beaucoup de place, cela tient toujours dans la poche, et si cela tombe, cela ne se casse pas.

Le commissaire fit à Kovaliov un accueil assez froid, en disant que l'après-midi n'était pas précisément un bon moment pour ouvrir une instruction ; que la nature ordonnait qu'après avoir mangé on se reposât un peu (ceci indiquait à l'assesseur de collège que le commissaire n'ignorait pas les aphorismes des anciens sages), et qu'à un homme comme il faut on n'enlèverait pas le nez.

L'allusion était vraiment par trop directe. Il faut vous dire que Kovaliov était un homme très susceptible. Il pouvait excuser tout ce qu'on disait sur son propre compte, mais jamais il ne pardonnait ce qui était blessant pour son rang ou son grade. Il avait même la conviction que, dans les pièces de théâtre, on ne devrait permettre des attaques que contre les officiers subalternes, mais en aucune manière contre les officiers supérieurs.

L'accueil du commissaire l'avait tellement froissé, qu'il releva fièrement la tête, écarta les bras, et déclara avec dignité :

— J'avoue qu'après des observations aussi blessantes de votre part, je n'ai plus rien à vous dire.

Et il sortit.

Il revint chez lui, accablé de fatigue. Il faisait déjà sombre. Triste et même laid lui parut son appartement après toutes ses recherches infructueuses. En pénétrant dans l'antichambre, il aperçut sur le vieux canapé en cuir son valet Ivan qui, commodément étendu sur le dos, s'occupait à lancer des crachats au plafond et, avec beaucoup d'adresse, touchait toujours au même endroit. Cette indifférence de son domestique le rendit furieux ; il lui donna un coup de son chapeau sur le front en disant :

— Toi, vaurien, tu ne fais jamais que des sottises.

Ivan se leva brusquement et s'élança vers son maître pour lui retirer son manteau.

Une fois dans sa chambre, le major, fatigué et triste, se jeta dans un fauteuil et finalement, après avoir poussé quelques soupirs, se mit à dire :

— Mon Dieu ! mon Dieu ! pourquoi ce malheur m'accable-t-il ? Si c'était un bras ou une jambe qui me manquent, ce serait moins insupportable, mais un homme sans nez, cela ne vaut pas le diable ; qu'est-il donc ? Ni oiseau, ni citoyen ; il n'est bon qu'à se jeter par la fenêtre. Si c'était du moins à la guerre ou en duel qu'on me l'eût enlevé, ou si je l'avais perdu par ma propre faute !...

Non, le voilà disparu, comme cela, sans raison aucune !... Toutefois, non, cela ne se peut pas, ajouta-t-il après avoir réfléchi, c'est une chose incroyable qu'un nez puisse ainsi disparaître, tout à fait incroyable. Il faut croire que je rêve, ou que je suis tout simplement halluciné ; peut-être ai-je par mégarde avalé, au lieu d'eau, de l'alcool dont j'ai coutume de me frotter le menton après qu'on m'a rasé. Cet imbécile d'Ivan aura négligé de l'emporter, et je l'aurai avalé.

Afin de s'assurer qu'il n'était pas ivre, le major se pinça si fort qu'un cri lui échappa malgré lui. Cette douleur lui donna la certitude qu'il vivait et agissait en état de veille. Il s'approcha tout doucement de la glace et ferma d'abord les yeux, espérant de revoir tout à coup le nez à sa place ordinaire ; mais en les rouvrant, il recula aussitôt :

— Quel vilain aspect ! murmura-t-il.

C'était en effet incompréhensible. Qu'un bouton, une cuiller d'argent, une montre ou quelque chose de semblable eût ainsi disparu, passe ; mais un tel objet, et encore dans son propre appartement !...

Le major Kovaliov, après avoir pesé toutes les circonstances, s'était arrêté à la supposition, qui était peut-être la plus proche de la vérité, que la faute de tout cela ne devait s'imputer à nul autre qu'à la femme de l'officier supérieur, Mme Podtotchina, laquelle désirait le voir épouser sa fille. Lui-même lui faisait volontiers la cour, mais il évitait de se déclarer définitivement. Et lorsque la dame lui dit un jour, à brûle-pourpoint, qu'elle voudrait marier sa fille avec lui, il fit doucement machine en arrière, en prétextant qu'il était encore trop jeune, qu'il lui fallait encore servir au moins cinq années pour qu'il eût juste quarante-deux ans.

Et voilà pourquoi la femme d'officier supérieur, sans doute par esprit de vengeance, aurait résolu de lui jeter un sort et soudoyé à cet effet des sorcières, parce qu'en aucune façon on ne pouvait admettre que le nez eût été coupé : personne n'était entré dans sa chambre, et quant à Ivan Iakovlievitch, il lui avait fait la barbe le mercredi et, durant cette journée et même tout le jeudi, son nez était là, cela il le savait et se le rappelait très bien. En outre, si tel avait été le cas, il aurait naturellement ressenti une douleur et sans nul doute la plaie ne se serait pas cicatrisée aussi vite et n'eût pas été plate comme une crêpe.

Il se mit à ruminer toutes sortes de projets, ne sachant s'il devait citer la femme d'officier supérieur directement en justice, ou se rendre chez elle et la convaincre de sa mauvaise foi.

Ses réflexions furent interrompues par un jet de lumière qui brilla tout à coup à travers toutes les fentes de la porte et qui lui apprit qu'Ivan venait d'allumer la bougie dans l'antichambre. Bientôt apparut Ivan lui-même, portant devant lui la bougie qui éclaira toute la pièce. Le premier mouvement de Kovaliov fut de saisir un mouchoir et d'en couvrir l'endroit où la veille encore trônait son nez, afin que ce dadais de domestique ne demeurât là bouche bée, en apercevant une telle bizarrerie chez son maître.

À peine le domestique avait-il eu le temps de retourner dans sa niche, qu'une voix inconnue se fit entendre dans l'antichambre :

— C'est ici que demeure l'assesseur de collège Kovaliov ? demandait-on.

— Entrez.

Le major Kovaliov est là, dit-il lui-même en se levant rapidement et en ouvrant la porte.

Il vit entrer un fonctionnaire de police à l'extérieur agréable, aux favoris ni trop clairs ni trop foncés, aux joues assez potelées, le même qui, au commencement de ce récit, se tenait à l'extrémité du pont d'Issaky.

— Vous avez égaré votre nez ?

— Précisément.

— Il vient d'être retrouvé.

— Que… dites-vous ? balbutia le major Kovaliov.

La joie avait subitement paralysé sa langue. Il regardait de tous ses yeux le commissaire, dont les joues et les lèvres pleines se détachaient sous la lumière tremblotante de la bougie.

— Comment ?… put-il enfin proférer.

— Par un hasard tout à fait singulier. On l'a arrêté presque en route. Il montait déjà en voiture pour se rendre à Riga… Son passeport était depuis longtemps fait au nom d'un fonctionnaire. Et ce qui est encore plus bizarre, c'est que moi-même je l'avais pris tout d'abord pour un monsieur. Heureusement que j'avais sur moi des lunettes, et j'ai reconnu aussitôt que c'était un nez. Je suis myope, vous savez, et lorsque vous vous tenez devant moi, je vois seulement que vous avez un visage, mais je ne distingue ni le nez, ni la barbe, ni rien. Ma belle-mère, elle non plus n'y voit goutte.

Kovaliov était hors de lui :

— Où est-il, où ?… J'y cours tout de suite.

— Ne vous dérangez pas. Sachant que vous en aviez besoin, je l'ai apporté avec moi. Et ce qu'il y a de singulier, c'est que le principal coupable, en cette affaire, est un coquin de barbier de la rue Vozniessensk qui est maintenant enfermé au violon. Depuis longtemps je le soupçonnais d'ivrognerie et de vol : avant-hier encore, il avait dérobé dans une boutique une douzaine de boutons… Votre nez est resté tel qu'il était.

À ces mots, le commissaire fourra ses mains dans sa poche et en retira le nez enveloppé dans du papier.

— C'est cela, c'est lui ! s'écria Kovaliov, c'est bien lui… Voulez-vous prendre tout à l'heure, avec moi, une tasse de thé ?

— Cela me ferait bien plaisir, mais je ne peux pas. Je dois me rendre d'ici à la maison de force… Les vivres sont devenus très chers maintenant… J'ai avec moi ma belle-mère et puis des enfants, l'aîné surtout donne de grandes espérances ; c'est un garçon très intelligent, mais les moyens nécessaires pour leur éducation me font absolument défaut.

Après le départ du commissaire, Kovaliov demeura dans un état d'âme en quelque sorte vague, et ce ne fut que quelques instants après qu'il reconquit la faculté de voir et de sentir, si grand avait été le saisissement dans lequel l'avait plongé cette joie inattendue. Il prit avec précaution le nez retrouvé dans le creux de ses mains et l'examina encore une fois avec la plus grande attention :

— C'est lui, c'est bien lui ! disait-il.

Voici même le bouton qui m'a poussé hier sur le côté gauche.

Et le major faillit rire de ravissement.

Mais rien n'est durable dans ce monde, et c'est pourquoi la joie est moins vive dans l'instant qui suit le premier, s'atténue encore dans le troisième, et finit par se confondre avec l'état habituel de notre âme, comme le cercle que la chute d'un caillou a formé sur la surface de l'eau finit par se confondre avec cette surface. Kovaliov se mit à réfléchir, comprenant bien que l'affaire n'était pas encore terminée : le nez était retrouvé, mais il fallait encore le recoller, le remettre à sa place.

— Et s'il ne se recollait pas ?

À cette question qu'il se posait à lui-même, Kovaliov pâlit.

Avec un sentiment d'indicible frayeur, il s'élança vers la table et se plaça devant la glace afin de ne pas reposer le nez de travers. Ses mains tremblaient.

Avec toutes sortes de précautions, il l'appliqua à l'endroit qu'il occupait antérieurement. Horreur ! le nez n'adhérait pas !... Il le porta à sa bouche, le réchauffa légèrement avec son haleine et de nouveau le plaça sur l'espace uni qui se trouvait entre les deux joues ; mais le nez ne tenait pas.

— Voyons, va donc, imbécile ! lui disait-il.

Mais le nez semblait être de bois, et retombait sur la table avec un bruit étrange, comme si c'eût été un bouchon. La face du major se convulsa.

— Est-il possible qu'il n'adhère pas ? se disait-il, plein de frayeur.

Mais il avait beau l'ajuster à la place qui était pourtant la sienne, tous ses efforts restaient vains.

Il appela Ivan et l'envoya chercher le médecin, qui occupait dans la même maison le plus bel appartement. Ce médecin était un homme de belle prestance, qui possédait de magnifiques favoris d'un noir de goudron, une femme jeune et bien portante, mangeait le matin des pommes fraîches, et tenait sa bouche dans une propreté extrême, se la rinçant chaque matin trois quarts d'heure durant, et se nettoyant les dents avec cinq espèces différentes de brosses. Le médecin vint immédiatement. Après avoir demandé au major depuis quand ce malheur lui était arrivé, il souleva son menton et lui donna une pichenette avec le pouce, juste à l'endroit qu'occupait autrefois le nez, de sorte que le major rejeta la tête en arrière avec une telle force que sa nuque alla frapper contre la muraille. Le médecin lui dit que ce n'était rien ; il l'invita à se reculer quelque peu du mur, puis, lui faisant plier la tête à droite, tâta l'emplacement du nez et poussa un « hum ! » significatif ; après quoi, il lui fit plier la tête à gauche, poussa encore un « hum ! » et, en dernier lieu, lui donna de nouveau une chiquenaude avec son pouce, si bien que le major Kovaliov sursauta comme un cheval dont on examinerait les dents. Après cette épreuve, le médecin secoua la tête et dit :

— Non, cela ne se peut pas.

Restez plutôt tel quel, parce qu'il vous arriverait pis peut-être. Certes, on peut le remettre tout de suite, mais je vous assure que le remède serait pire que le mal.

— Voilà qui est bien ! Comment donc rester sans nez ? fit Kovaliov ; il n'y a rien de pire que cela. Où puis-je me montrer avec un aspect aussi vilain ?... Je fréquente la bonne compagnie, aujourd'hui je suis encore invité à deux soirées. Je connais beaucoup de dames : la femme du conseiller d'État Mme Tchektyriev, Mme Podtotchina, femme d'officier supérieur, – quoique, après ses agissements, je ne veuille plus avoir affaire à elle autrement que par l'entremise de la police... Je vous en prie, continua Kovaliov, d'un ton suppliant, trouvez un moyen quelconque, remettez-le d'une façon ou d'une autre ; que ce ne soit même pas tout à fait bien, pourvu que cela tienne, je pourrai même le soutenir un peu avec ma main, dans les cas dangereux. D'ailleurs, je ne danse même pas, de sorte que je ne risque pas de lui causer aucun dommage par quelque mouvement imprudent. Quant à vos honoraires, soyez sans crainte, tout ce qui sera dans la mesure de mes moyens…

— Croyez-moi, fit le docteur d'une voix ni haute ni basse, mais très douce et comme magnétique, je ne traite jamais par amour du gain. C'est contraire à mes principes et à mon art. J'accepte, il est vrai, des honoraires, mais seulement afin de ne pas blesser, par mon refus, les malades qui ont recours à moi. Certes, j'aurais pu remettre votre nez, mais je vous assure, sur l'honneur, si vous ne voulez pas croire à ma simple parole, que ce sera bien pis. Laissez plutôt faire la nature elle-même.

Lavez souvent la place avec de l'eau froide et je vous assure que, sans nez, vous vous porterez tout aussi bien que si vous l'aviez. Et quant au nez lui-même, je vous conseille de le mettre dans un flacon rempli d'alcool ou, ce qui vaut encore mieux, de vinaigre chauffé, mêlé à deux cuillerées d'eau régale, et alors vous pourrez le vendre encore à un bon prix. Moi-même je vous le prendrais bien, pourvu que vous n'en demandiez pas trop cher.

— Non, non, je ne le vendrai pas pour rien au monde. J'aime mieux qu'il soit perdu.

— Excusez, fit le docteur en prenant congé. Je croyais vous être utile ; je n'y puis rien ; du moins vous êtes-vous convaincu de ma bonne volonté.

Ce disant, le docteur quitta la chambre, d'une démarche noble et fière. Kovaliov ne la regarda même pas ; plongé dans une insensibilité profonde, il ne vit passer devant lui que le bord de ses manchettes, blanc comme neige, qui sortait des manches de son habit noir.

Il se résolut dès le lendemain, avant de porter plainte, à écrire à la femme d'officier supérieur, pour voir si elle ne consentirait pas à lui rendre sans contestation ce qu'elle lui avait pris. La lettre était libellée comme suit :

« Madame ALEXANDRA PODTOTCHINA,

« Je comprends difficilement vos façons de faire. Soyez certaine qu'en agissant ainsi vous ne gagnerez rien et ne me contraindrez nullement à épouser votre fille. Croyez-moi, l'histoire de mon nez est éventée ; c'est vous et nul autre qui y avez pris la part principale.

Sa séparation inopinée d'avec la place qu'il occupait, sa fuite et ses déguisements, tantôt sous les traits d'un fonctionnaire, tantôt enfin sous son propre aspect, ne sont que la conséquence de maléfices employés par vous ou par des personnes qui, comme vous, s'adonnent à d'aussi nobles occupations. De mon côté, je crois devoir vous prévenir que si le nez susindiqué ne se retrouve pas dès aujourd'hui à sa place, je serai forcé de recourir à la protection des lois.

« D'ailleurs, avec tous mes respects, j'ai l'honneur

« d'être votre humble serviteur,

« PLATON KOVALIOV. »

La réponse ne se fit pas attendre, elle était ainsi conçue :

« Monsieur PLATON KOVALIOV,

« Votre lettre m'a profondément étonnée. Je l'avoue, je ne m'y attendais nullement, surtout pour ce qui regarde les reproches injustes de votre part. Je vous avertis que le fonctionnaire dont vous me parlez n'a jamais été reçu chez moi, ni déguisé ni sous son propre aspect. Il est vrai que Philippe Ivanovitch Potantchikoff fréquentait chez moi, et quoiqu'il eût en effet recherché la main de ma fille, quoiqu'il fût un homme de bonne conduite, sobre, et qu'il eût beaucoup de lecture, je ne lui ai jamais donné aucun espoir. Vous faites encore mention d'un nez. Si vous voulez dire par là que je voulais vous laisser avec un pied de nez, c'est-à-dire vous opposer un refus formel, je suis fort étonnée de vous l'entendre dire, puisque moi, comme vous le savez bien, j'étais d'un avis tout opposé.

Et si dès maintenant vous vouliez demander la main de ma fille, je suis disposée à vous satisfaire, puisque tel a toujours été l'objet de mon plus vif désir ; dans l'attente de quoi je reste toute prête à vous servir.

« ALEXANDRA PODTOTCHINA. »

— Non, fit Kovaliov, après avoir relu la lettre ; elle n'est vraiment pas la coupable. Cela ne se peut pas. Une lettre pareille ne pourrait être écrite par quelqu'un qui aurait commis un crime.

L'assesseur de collège s'y connaissait, puisqu'il avait été plusieurs fois commis pour instruire des affaires criminelles, lorsqu'il était encore au Caucase.

— De quelle manière, par quel hasard, cela a-t-il pu se produire ? Le diable seul saurait s'y reconnaître ! fit-il enfin avec un geste de découragement.

Cependant le bruit de cet événement extraordinaire avait couru dans toute la capitale et, comme il est d'usage, non sans s'agrémenter de petites particularités nouvelles. À cette époque, tous les esprits étaient portés vers le miraculeux : le public se trouvait encore sous l'impression d'expériences récentes, relatives au magnétisme. L'histoire des chaises dansantes, dans la rue Koniouchennaïa, était encore toute fraîche ; il n'y avait donc rien d'étonnant à ce que bientôt on en vint à dire que le nez de l'assesseur de collège Kovaliov se promenait tous les jours, à trois heures précises, sur la Perspective de Nievsky. L'affluence des curieux était tous les jours énorme. Quelqu'un s'avisa tout à coup de dire que le nez se trouvait dans le magasin de Jounker ; et le magasin fut assiégé par une telle foule, que la police elle-même dut s'en mêler et rétablir l'ordre.

Un spéculateur à mine grave, portant favoris, qui vendait des gâteaux secs à l'entrée des théâtres, fit fabriquer exprès de beaux bancs solides, qu'il plaça devant le magasin et sur lesquels il invitait obligeamment les assistants à monter, pour le prix modique de quatre-vingts kopecks. Un colonel qui avait de très beaux états de service sortit même exprès pour cela de meilleure heure qu'à l'ordinaire, et il ne réussit qu'à grand'peine à se frayer un passage à travers la foule ; mais à sa grande indignation, il aperçut, dans la vitrine du magasin, au lieu du nez, un simple gilet de flanelle et une lithographie qui représentait une jeune fille reprisant un bas, tandis qu'un jeune élégant, avec une barbiche et un gilet à grands revers, la regardait de derrière un arbre – lithographie qui se trouvait à cette même place depuis plus de dix ans. Le colonel s'éloigna en disant avec dépit :

— Comment peut-on troubler le monde avec des récits aussi stupides et aussi peu vraisemblables !

Puis ce fut un autre bruit : le nez du major Kovaliov se promenait non sur la Perspective de Nievsky, mais dans le jardin de Tauride ; on ajoutait même qu'il s'y trouvait depuis longtemps déjà, que le fameux Kozrev-Mirza, lorsqu'il y séjournait encore, s'étonnait beaucoup de ce jeu bizarre de la nature. Quelques étudiants de l'académie de chirurgie se rendirent exprès dans ce jardin. Une grande dame écrivit au surveillant, le priant de montrer à ses enfants ce rare phénomène et de leur donner à cette occasion quelques explications instructives et édifiantes pour la jeunesse.

Tous ces incidents faisaient la joie des hommes du monde, habitués des raouts, très à court en ce moment d'anecdotes capables de dérider les dames. Par contre, la minorité des gens graves et bien pensants manifestait un vif mécontentement. Un monsieur très indigné disait même qu'il ne comprenait pas comment, dans notre siècle éclairé, des inepties semblables pouvaient se répandre, et il se trouvait très surpris de voir que le gouvernement ne finissait pas par diriger son attention de ce côté. Le monsieur en question appartenait évidemment à la catégorie des gens qui voudraient immiscer le gouvernement dans tout, même dans leurs querelles quotidiennes avec leurs moitiés. Après cela…

Mais ici les événements s'enveloppent encore une fois d'un brouillard, et ce qui vient après demeure absolument inconnu.

III

D'étranges événements se passent dans ce monde, des événements qui sont même parfois dénudés de toute vraisemblance : voilà que le même nez qui circulait sous les espèces d'un conseiller d'État et faisait tant de bruit dans la ville se trouva, comme si de rien n'était, de nouveau à sa place, c'est-à-dire par conséquent entre les deux joues du major Kovaliov. Ceci arriva en avril, le 7 du mois. En s'éveillant, le major jeta par hasard un regard dans la glace et aperçut un nez ; il y porta vivement la main : c'en était un effectivement !

— Eh ! se dit Kovaliov.

Et de joie il faillit exécuter, nu-pieds, une danse échevelée à travers la chambre ; mais l'entrée d'Ivan l'en empêcha. Il se fit apporter immédiatement de l'eau et, en se débarbouillant, il se mira encore une fois dans la glace ; le nez était là. En s'essuyant avec sa serviette, il y jeta un nouveau regard ; le nez était là !

— Regarde donc, Ivan, il me semble que j'ai un bouton sur le nez, dit-il à son domestique.

Et il pensait en même temps :

« C'est cela qui sera joli, lorsque Ivan va me dire : mais non, monsieur, non seulement il n'y a pas de bouton, mais le nez lui-même est absent. »

Mais Ivan répondit :

— Il n'y a rien, monsieur, on ne voit aucun bouton sur votre nez.

— C'est bon, cela, que le diable m'emporte ! se dit à part soi le major, en faisant claquer ses doigts.

En ce moment le barbier Ivan Iakovlievitch passa sa tête par la porte timidement, comme un chat qu'on viendrait de fouetter pour avoir volé du lard.

— Dis-moi d'abord : tes mains sont-elles propres ? lui cria Kovaliov en l'apercevant.

— Oui, monsieur.

— Tu mens.

— Par ma foi, elles sont parfaitement propres, monsieur.

— Tu sais, prends garde !

Kovaliov s'assit, Ivan Iakovlievitch lui noua une serviette sous le menton et en un instant, à l'aide du blaireau, lui transforma toute la barbe et une partie des joues en une crème telle qu'on en sert chez les marchands le jour de leur fête.

— Voyez-vous cela, se dit-il, en jetant un coup d'œil sur le nez.

Puis il pencha la tête et l'examina de côté :

— Le voilà lui-même en personne... vraiment, quand on y songe... continua-t-il en poursuivant son monologue mental et en attachant un long regard sur le nez.

Puis, tout doucement, avec des précautions infinies, il leva en l'air deux doigts, afin de le saisir par le bout : tel était le système d'Ivan Iakovlievitch.

— Allons, allons, prends garde ! s'exclama Kovaliov.

Ivan Iakovlievitch laissa tomber ses bras et se troubla comme il ne s'était encore jamais troublé de sa vie. Finalement, il se mit à chatouiller tout doucement du rasoir le menton du major, et quoiqu'il fût très difficile de faire la barbe sans avoir un point d'appui dans l'organe olfactif, il réussit pourtant, en appliquant son pouce rugueux contre la joue et la mâchoire inférieure du major, à vaincre tous les obstacles et à mener à bonne fin son entreprise.

Lorsque tout fut prêt, Kovaliov s'empressa de s'habiller, prit un fiacre et se rendit tout droit à la pâtisserie. En entrant, il cria de loin :

— Garçon, une tasse de chocolat !

Et il courut aussitôt vers la glace : le nez était là ! Il se retourna triomphant et jeta un coup d'œil ironique sur deux officiers qui se trouvaient là et dont l'un possédait un nez pas plus gros qu'un bouton de gilet. Après quoi il se rendit au bureau de l'administration où il faisait des démarches dans le but d'obtenir une place de gouverneur, ou à défaut un emploi d'huissier. En traversant la salle de réception, il jeta un coup d'œil dans la glace : le nez était là. Puis il alla rendre visite à un autre assesseur de collège ou major, esprit très ironique, à qui il avait coutume de dire en réponse à ses observations gouailleuses :

— Toi, je te connais, tu es piquant comme une épingle.

Chemin faisant, il s'était dit :

— Si le major lui-même n'éclate pas de rire à ma vue, ce sera l'indice le plus certain que tout se trouve à sa place accoutumée.

Mais l'assesseur de collège ne dit rien.

— C'est bien, c'est bien, c'est parfait, se dit à part lui Kovaliov.

En revenant, il rencontra la femme de l'officier supérieur Podtotchine avec sa fille ; il les aborda et fut accueilli par elles avec de grandes démonstrations de joie : donc il ne présentait aucune défectuosité ! Il s'entretint très longtemps avec elles et, sortant sa tabatière, se mit à bourrer exprès de tabac son nez des deux côtés, en se disant :

« Tenez, je me moque bien de vous, femmelettes, coquettes que vous êtes !... et quant à la fille, je ne l'épouserai tout de même pas. Comme cela – par jeu – je veux bien. »

Et, depuis lors, le major Kovaliov se promenait comme si de rien n'était, et sur la Perspective de Nievsky et dans les théâtres et partout. Et son nez aussi, comme si de rien n'était, restait sur sa figure sans même avoir l'air de s'être jamais absenté. Et depuis lors on voyait le major Kovaliov toujours de bonne humeur, toujours souriant, courtisant toutes les jolies personnes sans exception aucune.

IV

Telle fut l'histoire qui se passa dans la capitale du nord de notre vaste empire ! Maintenant, tout bien pesé, nous nous apercevons qu'elle offre beaucoup de côtés invraisemblables. Sans parler du fait vraiment étrange de la fuite miraculeuse du nez, et de sa présence en différents endroits sous l'aspect d'un conseiller d'État. Comment Kovaliov ne comprit-il pas qu'on ne pouvait décemment publier une annonce sur un nez perdu ? Non que je veuille dire par là qu'il lui aurait fallu la payer beaucoup trop cher ; cela, c'est une bagatelle, et je ne suis pas du tout du nombre des gens cupides. Mais ce n'est pas convenable, cela ne se fait pas, ce n'est pas bien. Et puis encore… comment le nez s'était-il trouvé dans le pain cuit et comment Ivan Iakovlievitch lui-même… non, cela, je ne le comprends pas du tout ! Mais ce qui est le plus étrange et le plus incompréhensible, c'est que les auteurs puissent choisir des sujets pareils pour leurs récits. Cela, je l'avoue, est tout à fait inconcevable ; cela, vraiment… non, non, cela me dépasse. En premier lieu, il n'en résulte aucun bien pour la patrie et en second lieu… mais en second lieu également, il n'en résulte non plus aucun mal. C'est tout simplement un je-ne-sais-quoi.

Et pourtant, avec tout cela, quoique… certes, on puisse admettre bien des choses, peut-être même… et enfin où ne se glisse-t-il pas certaines discordances ?… Et tout de même, quand on y réfléchit bien, il y a vraiment quelque chose là-dedans. On a beau dire, de pareils faits arrivent dans ce monde, rarement, mais ils arrivent…

FIN